LE LABYRINTHE
D'EYSAL

K.-H. SCHEER
ET CLARK DARLTON

LE LABYRINTHE
D'EYSAL

COLLECTION « ANTICIPATION »

6, rue Garancière - Paris VIᵉ

Titre originaux :

Kontaktschiff Terrania
(Kurt Brand)

Im Labyrinth von Eysal
(Kurt Mahr)

Traduit et adapté de l'allemand
par Marie-Jo DUBOURG

ISBN 2-265-03559-9

PREMIÈRE PARTIE

CHAPITRE PREMIER

Dans les postes de commandement des navires d'exploration, les grands écrans panoramiques reproduisaient l'image du cosmos qui les entourait.

Les étoiles, côte à côte, présentaient toutes un éclat différent : celle-ci rouge foncé, celle-là blanc bleuté ; là-bas une naine blanche, source de lumière ponctuelle, à l'éclat aveuglant.

C'était la première fois que les sept *Explorateur* se trouvaient si près du centre de la Voie lactée. Ils étaient là depuis le jour où des bombes gravitationnelles avaient détruit et projeté dans l'hyperespace le système solaire EX 2115-485. La planète géante Hercule et ses dix-sept lunes avaient disparu avec ce soleil, ne laissant que le vide. Et pourtant sept *Explorateur* tenaient ce secteur jour et nuit sous surveillance.

Une seule question se posait : en détruisant ce système avait-on également anéanti le Suprahet ?

Nombreux étaient ceux qui à bord des sept navires ne pouvaient toujours pas imaginer qu'un gigantesque émetteur superhétérodyne puisse être quelque chose de vivant. Et ils comprenaient encore moins que l'indestructible molkex était une autre forme de vie, inactive, de ce Suprahet qui avait « dévoré » d'énormes amas stellaires à l'intérieur de la Galaxie, 1,2 million d'années plus tôt.

Depuis quelques semaines, tous à bord des *Explorateur* entendaient parler du Suprahet du matin au soir ! Plus les jours passaient et plus il devenait évident que ce monstre gigantesque, mi-quadridimensionnel et mi-quintidimensionnel, n'avait pas seulement été soufflé avec son système solaire hors de l'univers d'Einstein dans l'hyperespace, mais avait péri d'une « sursaturation » lors de sa chute hors du continuum normal.

Mais les Terriens n'étaient pas les seuls à s'intéresser au changement de situation dans ce secteur de la Galaxie, les Bienveillants aux astronefs asymétriques aussi. Les *Explorateur* constataient sans cesse qu'ils étaient la cible de rayons de détection et constamment ils se retiraient dans l'entr'espace, conformément à leurs instructions, pour ne pas donner aux équipages des navires de molkex l'occasion de les attaquer.

Bientôt il fut évident que les associés des annélicères tentaient de découvrir pourquoi Hercule, la planète géante avait disparu.

L'*Explorateur-7443*, la nef capitane de l'escadrille d'exploration, était en liaison permanente avec le centre opérationnel à Terrania ainsi qu'avec le cerveau impotonique géant, sur la Lune, auquel tous les événements étaient aussitôt signalés par radio.

Après avoir repéré une escadre de plus de mille vaisseaux de molkex, l'*Ex-7443* reçut l'ordre de décrocher et de regagner la Terre.

Mais toute la flotte de l'Empire était en état d'alerte et dans l'entourage du Stellarque, un nouveau visage se faisait remarquer. L'astronome et physicien Tyll Leyden faisait officiellement partie, depuis peu, de l'état-major terrien.

Le jeune Leyden avait fait partie de l'équipage de l'*EX-2115*. C'était à lui que la Galaxie devait la disparition du Suprahet. Il avait compris que molkex et Suprahet étaient deux manifestations d'une seule et même chose — une matière qui dans des conditions déterminées pouvait prendre deux formes extrêmement différentes.

Perry Rhodan avait réalisé que sous un flegmatisme exaspérant, ce jeune homme cachait de réelles qualités et il lui avait confié une nouvelle mission.

Tyll Leyden avait fait la connaissance de « Petit-Pierre », l'annélicère, et il n'oublierait jamais l'instant où il l'avait vu pour la première fois.

Rapidement, ses contacts avec Petit-Pierre s'étaient améliorés et étaient devenus de plus en plus étroits.

« — Leyden, étudiez Petit-Pierre ! » lui avait ordonné Rhodan.

Pendant trois semaines, il avait passé plusieurs heures chaque jour auprès de l'annélicère, s'entretenant avec lui par l'intermédiaire du transformateur de symboles.

Le jeune ver géant qui avait ses quartiers dans le hangar d'un *Explorateur,* saluait Leyden de plus en plus amicalement. Ses grands yeux disposaient d'une force d'expression étonnante.

La méfiance de Leyden à l'égard de cette créature gigantesque avait disparu dès la première semaine. Il avait compris que la bonté et la tolérance de Petit-Prince étaient sincères ainsi que ses efforts pour relater le plus de choses possible à Leyden au sujet de sa race. Mais une limite était fixée à cette bonne volonté car Petit-Pierre n'avait encore jamais rencontré un autre annélicère. Son savoir instinctif inné était cependant incroyable.

Dès leur première rencontre, Petit-Prince avait affirmé que c'était une loi biologique pour les annélicères, de dissimuler leur intelligence à toute créature intelligente. Quand Leyden lui avait demandé pourquoi lui, Petit-Pierre, avait enfreint cette loi, l'annélicère avait aussitôt répondu :

— Dans le cas présent, la loi de la conservation de mon espèce passe avant la loi biologique car je suis convaincu que les Bienveillants empêchent ma race de se propager.

A cette idée de propagation, Leyden n'avait pu s'empêcher de penser aux planètes dévastées par les acridocères. Il n'avait pas trouvé ces perspectives d'avenir séduisantes mais il n'avait toutefois pas changé de sujet.

— Petit-Pierre, cela signifie-t-il que tu es prêt à nous accompagner sur ton monde pour informer tes congénères que les Bienveillants ne jouent pas franc-jeu ? N'oublies-tu pas que tu seras considéré comme un traître qui a enfreint l'une des lois fondamentales ?

— Quand les circonstances biologiques changent, les lois biologiques doivent elles aussi subir une modification. On n'est un criminel que si l'on est conscient d'avoir commis un crime !

Leyden n'était pas le seul à poser des questions. L'annélicère voulait lui aussi connaître le détail des rencontres entre les hommes, les représentants de sa race et les Bienveillants. Lyden ne put lui fournir de renseignements à ce sujet. Quand il fit part de ses soucis à Perry Rhodan, le Stellarque sacrifia trois après-midi pour apaiser la soif de connaissance de l'annélicère.

Rhodan ne lui cacha rien. Petit-Pierre devait disposer d'un cerveau supplémentaire lui permettant de reconnaître précisément le vrai du faux. Il regretta de ne pas être entré en contact direct avec les Bienveillants et donc de ne pouvoir fournir de renseignements à leur sujet. Quand il affirma à ce propos que les Bienveillants pillaient sa race par intérêt, cela ne parut nullement invraisemblable à Rhodan et à Leyden.

Mais d'où l'annélicère tenait-il cette information ?

Tyll Leyden parvint à atteler une cinquantaine de scientifiques de l'état-major terrien de recherche à sa tâche. Une douzaine de médecins faisaient partie de son équipe. Il demanda conseil à des parapsychologues, se renseigna auprès de logiciens et interrogea tous les collègues susceptibles de lui fournir un renseignement. Et ainsi Tyll Leyden en arriva à être l'homme le mieux informé sur la mentalité d'un annélicère.

Le biologiste Salor Neev, après avoir expliqué deux points à Leyden, avait lui aussi posé des questions à tous les experts qui travaillaient au problème du jeune homme. Et alors ce biologiste curieux avait vu s'ouvrir un champ d'activité comme il n'en avait jamais connu d'aussi intéressant.

Salor Neev était un homme âgé. Sa calvitie était auréolée d'une couronne de cheveux blancs. Ses vêtements flottaient autour de son corps décharné. Celui qui ne le connaissait pas ne soupçonnait pas chez cet homme un fanatique de travail. Mais il l'était et plus d'une fois il avait fallu arrêter ses travaux parce que certains de ses collaborateurs étaient sur le point de succomber au stress.

Perry Rhodan et Atlan avaient discuté de cette question quand il était devenu de plus en plus évident que Leyden avait absolument besoin d'un collaborateur. Tyll Leyden avait proposé le biologiste Neev et avait été surpris de voir sa proposition immédiatement acceptée.

Mais Atlan l'avait mis en garde :

— Salor Neev ne connaît aucun égard quand il s'agit pour lui de solutionner un problème. Leyden, faites attention à ce que Neev, avec ses méthodes parfois extrêmement non conventionnelles, ne pratique pas un lavage de cerveau sur notre annélicère. Vis-à-vis de lui, soulignez bien que vous êtes le chef. S'il croit que son âge lui confère certains droits, prouvez-lui le contraire.

Atlan se trouvait en discussion avec Rhodan quand Tyll Leyden entra dans la pièce et tendit une feuille de papier au Stellarque.

— Ce sont là les coordonnées d'Hercule. Qu'est-ce que ça signifie, Leyden ?

— A vrai dire, rien de particulier, commandant. Si ce n'est que Petit-Pierre depuis son hangar dans l'astronef, a relevé la position d'Hercule... ou pour être plus précis, a relevé l'endroit où Hercule, dans une explosion gravitationnelle, est tombé dans l'hyperespace !

— Vous croyez que l'annélicère peut relever la position du monde d'origine de ses congénères et traduire cela en coordonnées ?

— Oui.

— Comment a-t-il pris l'anéantissement de la gigantesque masse de molkex ?

— Petit-Pierre croit que la destruction de la masse de molkex à l'intérieur d'Hercule est une « carte blanche » pour lui lorsqu'il atterrira sur son monde d'origine. Il n'en a pas dit plus.

— Leyden, le docteur Neev était-il présent lors de cet entretien avec Petit-Pierre ? demanda Atlan.

— Oui.

Atlan fit aussitôt appeler Salor Neev par l'intercom. Le biologiste arriva, tout essoufflé.

— Docteur, nous aimerions avoir un rapport méthodique de votre séance d'aujourd'hui avec notre annélicère.

Quelque peu surpris, Neev regarda Leyden puis se concentra et commença son rapport.

Il ne parla pas de carte blanche et Rhodan l'interrogea à ce sujet.

Neev en resta interdit, tourna la tête et examina Leyden qui, l'esprit ailleurs, contemplait le mur.

Neev toussota, signe de son agitation.

— Collègue ! dit-il d'une voix incisive.

— Oui ? demanda Leyden.

— N'avez-vous pas baissé le volume sonore du transformateur de symboles pendant que je prenais des notes ?

— Moi ! Non ! Mais Petit-Pierre pensait doucement.

Rhodan s'avança vers lui et le regarda de ses yeux gris, perçants.

— Répétez cela, Leyden ! A moins que vous n'ayez à vous corriger ?

— Corriger ? Non, commandant. Lorsque je lui ai posé la question, Petit-Pierre m'a expliqué qu'il pensait doucement. C'est pourquoi le transformateur n'a fait que chuchoter. Il est possible que Neev n'ait pas compris ses paroles.

Décontenancés, Rhodan et Atlan se regardèrent. Salor Neev non plus n'avait pas un visage inspiré.

Leyden ne comprenait-il pas qu'il avait dit une sottise ? Il n'existait pas de pensée douce ou forte !

— Leyden, dit Atlan, vous êtes pourtant un homme raisonnable ! Réfléchissez donc à ce que vous nous demandez de croire !

— Je ne vous demande rien de particulier ! Tout à l'heure quand j'ai dit que Petit-Pierre allait repérer le monde d'origine de sa race et en déterminer les coordonnées, vous avez accepté sans façon une chose à vrai dire inimaginable. Mais vous ne voulez pas croire l'annélicère lorsqu'il affirme qu'il a pensé doucement et ce uniquement parce que jusqu'à présent nous n'avons jamais entendu parler d'une pensée douce.

— Voulez-vous dire par là, demanda Rhodan, que l'annélicère est en mesure, par la force de ses impulsions mentales, d'influer d'une manière perceptible sur le fonctionnement d'un transformateur de symboles ?

— J'espère qu'il n'est pas capable de bien d'autres choses auxquelles nous sommes loin de penser !

— Hum ! dit Atlan dubitatif. Qu'en dites-vous, docteur ?

Le scientifique hésita.

— C'est à la fois possible et impossible, Amiral. Je crois que nous devons garder à l'esprit que le corps d'un annélicère se compose de molkex modifié. Il faut tenir compte de ce fait dans toutes les fonctions biologiques. Je ne voudrais aucunement appuyer cette déclaration de pensée douce mais cette possibilité n'est pas à exclure totalement.

Rhodan examina discrètement le jeune Leyden. Tandis que Neev continuait à parler avec autorité et qu'Atlan l'écoutait, Rhodan prit Leyden à part et lui dit :

— Faites savoir à Petit-Pierre que je lui rendrai visite aujourd'hui. Et j'aimerais que vous assistiez à l'entretien. Disons vers vingt heures.

Tyll Leyden inclina la tête et regarda Rhodan d'un air inquisiteur.

— Vous pouvez partir, Leyden.

Quand il vit Perry Rhodan pénétrer avec Leyden dans le hangar, Petit-Pierre banda son gigantesque corps de chenille, comme pour sauter. Le transformateur de symboles fut activé.

Petit-Pierre stupéfia Rhodan en demandant :

— Me faut-il penser doucement ou fort ?

Tyll Leyden se mit à rire sans retenue. Lui non plus ne s'était pas attendu à cette question.

Un bref va-et-vient démontra rapidement que l'appareil avait parfaitement traduit et que Petit-Pierre était effectivement en mesure de commander la reproduction sonore du transformateur par ses impulsions mentales qui pouvaient être plus ou moins fortes.

Rhodan attira l'attention du jeune annélicère sur les risques qu'il courrait s'il conduisait des hommes sur son monde d'origine.

— Tyll Leyden t'accompagnera, Petit-Pierre. Tyll dira à tes congénères que nous savons que vous êtes intelligents. Tu seras donc le premier de ta race à avoir enfreint la règle biologique. Tu courras le risque qu'on te tue.

— On ne me tuera pas, Perry !

— Comment peux-tu le savoir ? Tu es né sur une planète étrangère. Tu n'as jamais vu le monde sur lequel vivent tes congénères et tu n'as jamais vu un autre de ton espèce. Et tu affirmes pourtant que bien que criminel tu ne seras pas tué ?

— Il est parfois si difficile de vous comprendre, vous les hommes, parce que je peux à peine suivre vos pensées et vos réflexions. Qu'est-ce que cela a à voir que je sois né sur une autre planète et que je n'aie encore jamais vu ou parlé à quelqu'un de ma race ? Personne ne m'a dit où vivait mon peuple et pourtant je connais le monde qui est le mien. Tout comme je sais où, parmi les étoiles, cette planète orbite autour de son soleil, je sais qu'on ne me tuera pas. Ne sens-tu donc pas les planètes sur lesquelles vivent des Terriens, Perry ?

— Non, Petit-Pierre, nous ne pouvons pas le sentir. Nous ne possédons pas cette faculté. Bon, très bien ! Peut-être que tu as raison et que nous nous inquiétons inutilement. Mais comprends-tu que Leyden devra dire à tes congénères : « Nous savons que vous êtes intelligents. Nous savons pourquoi vous avez, jusqu'à présent avec succès, tenu votre intelligence cachée. » Comprends-tu cela, Petit-Pierre ? Sinon il est inutile que l'un de nous t'accompagne sur la planète où vivent tes congénères.

Le silence régna dans le hangar. Petit-Pierre n'envoyait aucune impulsion mentale au transformateur de symboles. Rhodan et Leyden ne considéraient pas l'annélicère comme un monstre mais voyaient en lui une créature raisonnable, semblable à eux, un bon ami.

Petit-Pierre leva un peu la tête puis la rebaissa, regarda Rhodan et Leyden de ses grands yeux étincelants et envoya ensuite ses impulsions au transformateur.

— Tyll, n'as-tu pas peur d'être tué par quelqu'un de mon espèce ?

Leyden sursauta.

— Si, bien sûr. Mais cette peur ne compte pas. Bien des Terriens ont peur devant la tâche qu'il leur faut accomplir et pourtant ils essaient de la réaliser. Tant que la peur ne paralyse pas mes pensées et mes actes, cette peur est précisément l'impulsion qui me conduit à des idées qui sinon ne me viendraient jamais à l'esprit.

Il ignorait si l'annélicère l'avait compris. La réponse de Petit-Pierre rendit toute question à ce sujet superflue.

— Tu es si petit et si faible, et pourtant tu oses affronter mon peuple. Et moi un membre de ce peuple, je n'oserais pas le rencontrer ?

Rhodan se mêla à la conversation :

— Petit-Pierre, le monde de ton peuple peut être ton tombeau. Tu es encore jeune. Tu es dénué de toute expérience. Tu puises tes connaissances dans les expériences de ta race stockées dans ton subconscient. C'est pourquoi il me faut t'avertir des conséquences éventuelles. J'ai peur que tu ne sois différent de tous ceux de ton peuple et pour cela n'espère pas trop de choses lorsque tu affirmeras devant tes congénères que les Bienveillants abusent de vous. Tu n'en as aucune preuve, or c'est ce que ton peuple demandera.

L'annélicère s'étira. Les deux hommes attendirent sa réponse.

— J'ai saisi pour quels motifs tu me mets en garde, Perry. J'ai aussi compris Tyll qui peur de fouler le sol de mon monde d'origine. Mais votre sincérité ne m'oblige-t-elle pas à être moi aussi courageux et à avouer franchement que j'ai enfreint l'une de nos lois les plus importantes ? Terriens, vous ne parviendrez sur le monde de mon peuple qu'à une condition : que vous vous déclariez disposés à me conduire moi aussi là-bas ! Ce n'est qu'une fois en route, quand nous nous dirigerons vers le centre galactique, que je vous indiquerai dans quel secteur de la Voie lactée se trouve la planète !

— Le sépulcre ! dit Rhodan en exprimant involontairement sa pensée.

Etait-ce un présage ?

Rhodan regarda Tyll Leyden. Le jeune scientifique était assis, immobile, à côté de lui, les yeux fixés sur le transformateur de symboles. Il avait le front ridé.

— Ce n'est pas un joli nom, commandant ! dit-il avec une légère réprobation. Mais je l'accepte. Partons donc pour Sépulcre. Quand cela ?

Le Stellarque regarda l'heure. La conversation durait déjà depuis plus d'une heure et demie. Il se leva.

— Leyden, pour cette mission sur Sépulcre vous disposerez des pleins pouvoirs. Mais vous ne partirez pas seul. J'aimerais suggérer que le docteur Neev vous accompagne.

— Alors donnez-lui ces pleins pouvoirs, commandant !

Petit-Pierre se manifesta.

— Neev est un vieil homme et il n'est pas particulièrement bon !

L'annélicère s'était déjà fait une opinion du biologiste.

Avec un léger sourire, Rhodan se tourna vers Petit-Pierre.

— C'est pourquoi je donne les pleins pouvoirs à Tyll et non au docteur Neev. Mais au fond, Neev n'est pas mauvais. Parfois dans l'ardeur du travail il oublie les lois fixées par l'éthique, mais Leyden veillera à ce qu'il ne dépasse pas ces bornes !

— Et cela en plus ! soupira Leyden. Bon, comme vous voulez, commandant.

Ils prirent congé de l'annélicère et quittèrent le hangar.

*

Au centre de la Galaxie l'orage montait.

L'activité des navires de molkex était de plus en plus intense. Ces astronefs informes étaient repérés dans tous les secteurs du front d'interception. Bien sûr, les tentatives des Bienveillants pour repousser les vaisseaux terriens hors du système Orient étaient compréhensibles. Pour cela ils détachaient de plus en plus de navires. Et l'on en était arrivé au point qu'une surveillance normale de ce système par des vaisseaux de l'Empire n'était plus possible.

Un message de Rhodan dévoila à Reginald Bull, chef de la flotte, le plan de l'opération Sépulcre.

— Nous ne le reverrons jamais, dit Bully avec pessimisme en apprenant que Leyden se rendrait sur la planète inconnue des annélicères.

Rhodan lui fit connaître la route que suivrait la frégate *Terrania* et l'informa aussi des conditions posées par Petit-Pierre. Bully réalisa que le croiseur de la classe des villes passerait à juste cent années-lumière de leur position de repli.

— Le navire ne passera jamais!

C'était là le jugement d'un homme d'expérience conscient de ses responsablités. Bully brancha l'intercom et se mit en liaison avec le central radio de son navire.

— Message au Pacha : « Déconseille vivement de laisser le *Terrania* suivre la route prévue. Les nefs de molkex rendent cette partie de la Galaxie dangereuse. Impossible de détacher des unités pour protéger le *Terrania*. Bully. »

Le texte du message fut condensé et partit sous forme d'une brève impulsion vers la Terre.

Cinq minutes plus tard la réponse arriva.

— Le *Terrania* a déjà appareillé avec l'ordre de garder un silence radio absolu. La route ne peut plus être changée. Attention, surveillez avec une attention particulière l'hyperfréquence 13/5b. L'émetteur automatique de détresse du *Terrania* est réglé sur cette fréquence.

CHAPITRE II

Le major Phil Crouget, commandant du *Terrania*, était originaire de la planète Epsal. Les hommes nés là-bas ressemblaient davantage aux Lourds de la race des Francs-Passeurs qu'aux Terriens. Ils avaient dû s'adapter aux conditions qui régnaient sur cette planète et qui avaient fait d'eux des colosses.

Le major Crouget fit pivoter son fauteuil en entendant quelqu'un entrer dans le poste central. Il vit deux hommes venir vers lui.

— Salor Neev, se présenta le vieil homme chauve.

— Tyll Leyden, ajouta le jeune. Le chef vous a-t-il mis au courant ?

— Il aurait fort à faire s'il avait à se soucier de cela, répondit Crouget en contrôlant sa voix qu'il avait habituellement fort sonore, comme tout Epsalien. J'ai seulement reçu l'ordre du Centre Quinto de me conformer à vos instructions. Je sais aussi que vous disposez des pleins pouvoirs. Nous appareillons dans huit minutes. Notre hôte, l'annélicère, ne nous créera-t-il vraiment aucune difficulté ?

— Aucune, major.

— O.K. En tant que volontaires pour cette mission suicide, nous nous attendons de toute façon à de mauvaises surprises. Excusez-moi.

Il refit pivoter son fauteuil.

L'appareillage du *Terrania* était une affaire de routine mais le vol vers Sépulcre était un voyage dans l'inconnu. La seule chose certaine c'était que la première rencontre avec les annélicères comporterait des dangers mortels.

Le *Terrania* traversa le système solaire en direction de l'orbite de Pluton. Le navire avait été spécialement équipé pour ce vol. Plusieurs cabines avaient été mises à la disposition de Leyden et de Neev.

Peu avant le départ, un grand conteneur plastique avait été dans la cabine de Leyden et était resté fermé, dans un coin. Même Neev n'avait pu savoir ce qu'il contenait.

L'entente ne semblait pas vouloir régner entre les deux hommes. Après l'appareillage, Leyden s'enferma dans sa cabine et s'allongea pour se soumettre à une séance d'enseignement sous hypnose. Le programme avait été établi par Nathan, le cerveau impotonique géant de la Lune.

Tout ce que Nathan savait sur le molkex, le développement des acridocères et le comportement de Petit-Pierre lui fut transmis selon la méthode arkonide, sous hypnose. L'énigmatique collaboration entre les Bienveillants et les annélicères constituait un sujet particulier. Par contre le sujet « Bienveillants » était fort limité, ce qui prouvait bien à quel point les Terriens avaient peu d'informations sur cette race inconnue et apparemment fort agressive.

Au cours de cette séance d'enseignement, les connaissances de Leyden en psychologie furent rafraîchies et en partie élargies.

Le dernier chapitre de son programme d'enseignement concernait l'art d'interpréter le plus correctement possible les réactions de créatures inconnues.

Quand Leyden fut réveillé par l'endoctrinateur, il eut l'impression d'avoir profondément dormi. Un regard à sa montre lui apprit qu'il avait reçu sept heures d'enseignement. Il bâilla, s'étira et se leva.

Après un copieux petit déjeuner dans la cantine, il gagna la salle radio du *Terrania*. Ce n'est que là qu'il apprit que le Centre Quinto avait imposé le silence radio à l'astronef.

Il se rendit alors dans le poste de commandement.

Le major Phil Crouget, debout devant l'écran du palpeur de relief, contrôlait la route de son vaisseau qui fonçait à vitesse supraluminique à travers la zone de libration de l'entr'espace. Il leva brièvement les yeux quand Leyden vint se placer près de lui.

— Nous regagnerons l'espace normal dans quatre heures environ. Nous aurons alors atteint l'aile droite de notre front d'interception et nous passerons à soixante-dix années-lumière. Nous sommes actuellement ici. Là-bas... vous voyez l'étoile cible... C'est EX-66-198.

Il montra l'écran du palpeur de relief qui permettait de voir dans l'espace normal.

— Notre flotte semble utiliser la super-géante EX-66-198 comme aide à la navigation. Ce qu'en espère le maréchal Bull... je n'en ai pas la moindre idée. Tenez, Leyden, lisez les feuillets radio et vous comprendrez ce que je veux dire.

Leyden comprit très vite. Les navires des Bienveillants traînaient dans le système de l'étoile géante. Au cours des trois dernières heures, trois grandes escadres de cuirassés de l'Empire avaient été envoyées vers EX-66-198 pour empêcher une percée des astronefs de molkex. Le texte du message radio n'était nullement rassurant.

— Pourquoi ne restons-nous pas dans la zone de libration, major ?

— Parce que nous ne pouvons rester dans l'entr'espace. Votre ami l'annélicère devra bientôt prouver ce dont il est capable et nous indiquer le cap. Je n'ai aucune envie de ressortir à l'autre bout de la Voie lactée, sans pouvoir retrouver le chemin du retour. Je propose que vous lui rendiez visite pour lui tirer quelques vers du nez.

Leyden resta interdit. L'ironie et l'incrédulité étaient manifestes dans la voix de Crouget.

— Vous ne croyez pas Petit-Pierre capable de localiser son astre mère ?

— Petit-Pierre ! Quand j'entends ça ! s'écria le major dont la voix fit vibrer le poste central. Quand je me représente cette bête monstrueuse... Petit-Pierre ! En voilà un nom ! Avez-vous déjà caressé Petit-Pierre et la bête a-t-elle ronronné de plaisir ?

— Vous ne croyez pas en ses facultés, major ? répéta Leyden.

— Carrément parlé, non !

— Et pourtant vous et tout l'équipage du *Terrania* vous vous êtes portés volontaires pour cette mission. Vous vous attendez à ce que nous revenions bredouilles ?

— Puisque vous posez des questions aussi précises, vous allez recevoir une réponse précise. Oui, nous tous nous nous attendons à l'échec de notre mission !

Leyden garda le silence.

— Cela vous cloue le bec, hein ? cria l'Epsalien.

Les autres officiers dans le poste central les regardèrent avec curiosité.

Leyden resta imperturbable.

— Les croyances, ça ne se discute pas.

Et s'étant exprimé sur la question, il partit.

Ce n'est que lorsque la cloison coulissante se fut refermée que le major Phil Crouget explosa :

— Qu'est-ce que c'est que ce type ?

La prise de contact de Tyll Leyden avec l'équipage du *Terrania* ne semblait pas très chaleureuse.

Il rendit visite à Petit-Pierre.

Quand il entra dans le hangar, la tête de la chenille

géante était posée juste devant le transformateur de symboles. L'annélicère jeta un bref regard à Leyden et parut s'intéresser à l'appareil de traduction. Tyll Leyden s'était arrêté, involontairement. Il savait très bien que peu avant l'appareillage il avait éteint le transformateur de symboles en quittant l'annélicère.

Or maintenant l'appareil était en fonctionnement.

Qui l'avait mis en route ? L'annélicère avec ses deux paires de pinces ?

— Pourquoi n'approches-tu pas, Tyll ? demanda l'annélicère par l'intermédiaire du transformateur. Je me suis ennuyé au cours des dernières heures et j'ai joué avec l'appareil. Ne penses-tu pas, toi aussi, qu'il a un mode de fonctionnement bien lourd ?

Leyden n'en crut pas ses oreilles. L'annélicère portait un jugement critique sur le transformateur de symboles et trouvait lourd son mode de fonctionnement ? Cela signifiait-il que Petit-Pierre avait compris le montage technique de l'appareil ?

Leyden s'assit sur une chaise, de l'autre côté de la machine de traduction. Il était un peu déconcerté. Petit-Pierre lui avait fourni une autre preuve de ses incroyables facultés. Quelles surprises lui réservaient les vieux annélicères sur Sépulcre ? Serait-il en mesure, lui Tyll Leyden, de se débrouiller ?

— Petit-Pierre, qui t'a montré comment mettre en route le transformateur de symboles ?

— Tyll, quand on sait, comme moi, que ma race est plus vieille que votre Voie lactée, quelles surprises cette galaxie peut-elle encore nous offrir ?

Leyden en resta interdit.

Plus vieille que cette galaxie ? Cette affirmation ne conduisait-elle pas tout droit au Suprahet venu des profondeurs de l'espace et qui, d'après les indications du planétarium des Grands Anciens, avait fait irruption dans cette galaxie 1,2 million d'années plus tôt pour dévorer les amas stellaires les uns après les autres ?

26

Il repensa à la déclaration de son collègue Neev qui avait affirmé que les hommes ne pourraient comprendre les annélicères que lorsqu'ils pourraient se libérer des idées reçues sur la vie intelligente. En ce qui concernait les annélicères il leur faudrait partir de l'idée que le métabolisme avait moins à voir avec la biologie qu'avec des fonctions hyperénergétiques.

Le docteur Neev avait rencontré incrédulité et opposition. Avec un sourire de mépris on avait réclamé une preuve de ce qu'il avançait. Vexé, le biologiste s'était retiré et depuis lors il n'avait plus discuté de ce sujet qu'avec Tyll Leyden qui s'était mis de son côté.

N'avait-on pas ici, sans ambiguïté, une fonction intellectuelle hyperénergétique ?

— Petit-Pierre, peux-tu me décrire la construction de base du transformateur de symboles ?

Lui-même ne la connaissait que dans ses grandes lignes. Il n'était donc pas en mesure d'en révéler les caractéristiques techniques à l'annélicère.

Et pendant dix minutes Petit-Pierre lui expliqua l'installation et le mode de fonctionnement de l'appareil de traduction.

— Petit-Pierre, pourquoi ne nous as-tu pas montré plus tôt tout ce dont tu es capable ?

— Comment l'aurais-je pu, Tyll ? Quel sentiment ma vue déclenchait-elle chez vous ? Haine, horreur, peur, dégoût ! Vous n'en êtes pas seuls responsables, mes congénères aussi qui se sont montrés à vous comme des bêtes sauvages, sans révéler leur intelligence. Si j'ai dit précédemment que votre Voie lactée ne pouvait plus m'offrir de surprises, cette affirmation n'est que relativement exacte. Perry Rhodan, Bully, Atlan, L'Emir et toi, mais tu n'es pas le dernier..., vous constituez une surprise pour moi parce que vous vous êtes non seulement efforcés de me comprendre mais aussi de penser à ma façon.

— Nous n'en serons jamais capables, Petit-Pierre !

— Tu es sur la bonne voie pour y parvenir, Tyll. Dans ce domaine tu es bien plus avancé que tout autre. C'est pourquoi j'apprécie tant que tu me rendes visite.

L'annélicère exprimait ses points de vue affectifs.

La tête tourna à Leyden quand il se dit que cette explosion de sentiments était basée sur des fonctions hyperénergétiques. Cela signifiait donc que les sentiments ne reposaient pas naturellement sur des processus biochimiques !

Cela signifiait-il qu'en chaque homme également il se déroulait des processus hyperénergétiques ? Leyden n'osa pas répondre à cette question.

Il expliqua à Petit-Pierre le but de sa visite.

Trois heures plus tard, le *Terrania* quitterait l'entr'espace à proximité d'une super-géante. Leyden voulait savoir si l'annélicère repérait le monde inconnu de ses congénères avec plus d'intensité que sur la lointaine Terre.

— Tyll, la liaison n'est ni plus forte ni plus faible. Elle ne s'est pas non plus modifiée quand le navire est passé dans l'entr'espace. Tu es venu pour connaître le nouveau cap.

Leyden établit la liaison avec le poste central. Le major Phil Crouget devait entendre ce que l'annélicère avait à dire. Et pour Leyden aussi ce fut une surprise.

— C'est de la folie ! hurla Crouget par l'intercom. C'est la troisième fois que nous vérifions les cartes stellaires. Il n'y a aucune planète là-bas ! Les coordonnées de votre Petit-Pierre sont fausses !

— Major, avez-vous aussi consulté les cartes établies dans le planétarium sur Majestas ? demanda Leyden.

— Il n'existe pas d'autres cartes que les nôtres ! Ce secteur de la Galaxie vers lequel nous devons voler n'a été exploré ni par les Arkonides ni par les Akonides. Je n'ai pas l'intention de m'aventurer si profondément dans le centre galactique en me basant sur une reproduction établie par des créatures totalement inconnues. Nous faisons demi-tour, mon cher !

— Pas question, major. Nous nous dirigeons vers notre objectif, répliqua Tyll Leyden.

— Alors vous êtes un dingue, Leyden !

— C'est aussi ce qu'on a dit de moi sur Majestas. Vous ne m'apprenez donc rien de nouveau, major.

— Venez ici examiner la carte stellaire. Je suis curieux de savoir si ensuite vous aurez encore le courage de vous rendre dans cette purée d'étoiles.

— Pardon ?

— J'ai bien dit purée d'étoiles. Oui, et je le maintiens. Ou vos cartes établies sur Majestas sont fausses, et alors c'est encore pire ! Je vous dis une chose : nous faisons demi-tour, Leyden !

Tyll Leyden coupa la liaison et demanda à Petit-Pierre :

— Ne veux-tu pas vérifier encore une fois les coordonnées indiquées ?

— Tyll, elles sont exactes !

— Mais le major Crouget a pourtant affirmé qu'il n'y avait aucune planète à l'endroit indiqué. Il ne s'est certainement pas trompé.

— Alors les cartes stellaires sont fausses, Tyll. Il existe là-bas une planète.

— Rien qu'une ?

— Je l'ignore, mais il y en a une sur laquelle vit ma race.

Leyden se leva.

— Je serai bientôt de retour.

Sans plus se presser que d'habitude, il gagna le poste central.

— Regardez ceci, Leyden ! lui cria Crouget en montrant les projections de trois cartes stellaires.

En les regardant de plus près, Leyden comprit pourquoi Crouget avait parlé de purée d'étoiles.

Sur chacune des cartes, un cercle lumineux rouge

marquait le secteur où devait se trouver la planète des annélicères. Dans cet enchevêtrement d'étoiles il n'y avait place pour aucune planète. Leyden ne pouvait se souvenir d'avoir jamais vu une telle concentration de soleils. Il étudia les cartes et tenta de se représenter la reproduction fournie par le planétarium dans la Montagne Chantante sur Majestas.

Il n'avait jamais eu sous les yeux cette partie de la Voie lactée qui était reproduite ici. Pour tout commandant d'astronef, un vol dans cette concentration d'étoiles devait paraître suicidaire.

— Alors, d'accord pour que nous fassions demitour, Leyden ? demanda Crouget.

Leyden demanda à voir d'autres cartes.

De bonne grâce, Crouget les fit projeter. Mais elles étaient inutilisables. Elles prouvaient clairement que les Arkonides, qui les avaient établies, n'avaient jamais pénétré dans ce secteur de la Voie lactée. Une consultation des documents akonides ne fournit pas plus de renseignements.

Tyll Leyden regarde le major Crouget d'un air interrogateur.

— Quand atteindrons-nous EX-66-198 ?

— Dans deux heures quarante minutes.

— Merci. Nous rediscuterons alors du nouveau cap. Avez-vous établi à quelle distance de la Terre se trouvait le point indiqué par ces coordonnées ?

— Non, Leyden. Mais vous pouvez attendre. En tout cas mon *Terrania* ne pénétrera pas dans cette purée. Un instant.

Quelques minutes plus tard, l'ordinateur de bord avait calculé la distance : 68 414 années-lumière.

— Pas très loin, dit Leyden pour tout commentaire.

D'un air menaçant, l'Epsalien se redressa devant lui, de toute sa taille.

— Leyden, vos pleins pouvoirs se heurtent à ma responsabilité des cent cinquante hommes se trouvant à bord de ce navire. Pour moi, peu importe que votre objectif soit éloigné ou proche. Je ne pénétrerai pas dans cette purée ! Seul un commandant irresponsable et fou pourrait le faire ! Et ne me reparlez pas de vos cartes de Majestas. Allez, montrez-moi la planète qui doit héberger les annélicères !

Contre son gré, Leyden s'avança de nouveau devant la projection. Il demanda un agrandissement plus fort. Finalement il n'y eut plus sur l'écran de projection que le cercle rouge avec son enchevêtrement d'étoiles.

Aucune trace de planète mais quelques centaines de soleils dans un espace d'une exiguïté invraisemblable.

Leyden examina l'Epsalien de la tête aux pieds puis montra la concentration d'étoiles et déclara calmement :

— Si vous persistez à refuser de prendre ce cap, je romprai le silence radio et informerai le chef. Choisissez la solution que vous préférez. Il vous reste encore quelques heures de réflexion, jusqu'au système EX-66-198.

En se dirigeant vers la sortie, il entendit Phil Crouget grommeler :

— Une folie ! C'est de la démence !

Trois cuirassés de la classe Astrée avaient repéré le *Terrania* et l'avaient rejoint à 59 années-lumière du système EX-66-198. Deux des trois commandants étaient montés à bord du *Terrania* et le major Crouget fut heureux de pouvoir leur parler en tête à tête. Il leur fit part de ses problèmes mais n'obtint pas l'appui souhaité.

— Crouget, quand le chef confère les pleins pouvoirs à un seul homme, ce n'est jamais d'une manière irréfléchie.

Puis les commandants mirent l'Epsalien en garde

contre les navires de molkex grouillant dans le secteur. Ils regagnèrent ensuite leurs vaisseaux respectifs et s'éloignèrent.

Tyll Leyden entendit alors par l'intercom du bord :

— Nous appareillons pour la deuxième étape !

— Merci ! répondit-il, puis il consacra de nouveau son attention aux paroles de son collègue.

Le docteur Neev avait tenté de capter les hyperimpulsions de relèvement qui indiquaient à l'annélicère la route vers Sépulcre. N'y étant pas parvenu, il avait demandé conseil au physicien Leyden. Sans résultat, ils avaient arrêté leur tentative quelques minutes plus tôt. Leurs appareils ne pouvaient capter les impulsions que Petit-Pierre recevait de Sépulcre.

— Leyden, vous avez obtenu de grands succès avec la théorie faltonienne quand vous avez découvert les relations entre molkex et Suprahet. N'y a-t-il pas moyen d'appliquer cette théorie à notre problème ?

Leyden secoua la tête. Ses pensées vagabondèrent.

— Neev...

A cet instant l'alerte retentit dans le navire. Avant que Salor Neev n'ait regardé autour de soi, Leyden avait disparu de la cabine. Quelques secondes plus tard il entrait précipitamment dans le poste central. L'Epsalien était assis aux commandes et pilotait le vaisseau manuellement.

Huit navires de molkex avaient mis le cap sur le *Terrania*. C'était ce qui avait déclenché l'alerte.

Crouget fit passer sa frégate dans l'entr'espace, accéléra au maximum et attendit avec impatience le résultat du cerveau impotonique du bord.

Ce résultat lui fut communiqué en caractères lumineux sur un écran de son pupitre de commande.

Crouget jura.

— Ça commence bien ! Leyden, savez-vous où les Bienveillants veulent nous pousser ?

— Aucune idée.

— Ces sales engins nous arrivent dessus de trois directions à la fois. Ils ont l'intention de nous faire ressortir au milieu d'une nova qui est née il y a tout juste trente ans !

Le vol linéaire dans l'entr'espace était un domaine particulier de la physique et nécessitait de longues études. Mais l'Epsalien était familiarisé avec les problèmes que cela posait et il prouva qu'il avait le doigté nécessaire pour venir à bout du piège mortel tendu à son navire.

Leyden ne posa pas de question et regarda Crouget s'activer sur le pupitre de commandes.

Le *Terrania* fonçait toujours dans l'entr'espace. L'ordinateur fournit les résultats d'analyse du dernier problème que lui avait posé Crouget. Trois secondes plus tard, la frégate retomba dans l'espace normal. Les propulseurs à impulsions prirent la relève du kalup.

Le cerveau positonique signala : « Région galactique inconnue » !

L'expérience n'avait rien de nouveau pour Leyden qui avait fait partie de l'équipage de l'*EX-2115*, dont la mission avait été de gagner des secteurs inconnus de la Galaxie et de les explorer.

Mais il en allait différemment pour l'équipage du *Terrania*. Le navire ne s'était encore jamais avancé aussi loin dans la jungle d'étoiles.

Plus tard, nul ne put dire de quelle direction étaient venus les quelques centaines d'astronefs de molkex qui mirent alors le cap sur le *Terrania*.

— Que se passe-t-il avec les détecteurs ? gronda la voix tonitruante de Crouget tandis que son navire replongeait dans l'entr'espace.

Ne recevant pas de réponse il reposa sa question.

Tyll Leyden s'était dirigé vers les détecteurs. Il vit les visages ahuris des officiers mais aussi les diagrammes des dix dernières minutes. Pas un seul diagramme n'annonçait l'arrivée d'astronefs.

33

— Tyll, entendit-on alors dans les haut-parleurs de l'intercom, m'entends-tu ?

— Oui... oui...

Il était surpris et ne comprenait pas. L'annélicère avait non seulement mis en marche le transformateur de symboles, dans son hangar, mais il avait aussi branché l'intercom et avait écouté les conversations.

Petit-Pierre avait-il aussi compris les paroles échangées dans le poste central ?

— Maintenant ça va mieux, Tyll, mais précédemment ce fut épouvantable pour moi. N'avez-vous donc pas compris que le navire se déplaçait dans un secteur qui est instable sur une constante ? Les effets ont été si effroyables que j'en ai perdu le contact avec Sépulcre. Mais maintenant je l'ai retrouvé.

Puis par l'intercom on entendit nettement l'annélicère couper la liaison.

— Il fait ça tout seul ? bégaya l'Epsalien déconcerté.

— Et bien d'autres choses encore, major. Aujourd'hui même il m'a expliqué le mode de fonctionnement du transformateur de symboles, sans démonter l'appareil.

Dès lors, Phil Crouget fut prêt à tout croire de tout annélicère.

— Qu'a-t-il dit au sujet d'une constante instable, Leyden ? Cela existe-t-il donc ?

— Théoriquement, oui. Mais dans la pratique nous ne l'avons jamais découverte jusqu'à présent. Comprenez-vous maintenant pourquoi les détecteurs n'ont pas fonctionné ? L'instabilité a privé les appareils de leur base de travail.

Crouget regarda son pupitre de commande avec opiniâtreté.

— Nous ne pouvons tout de même pas continuer à foncer à travers l'espace linéaire, Leyden. Une panne du kalup et nous serons plongés en pleine purée d'étoiles sans savoir comment rentrer au port !

Sur l'écran du palpeur de relief on pouvait à peine différencier les soleils. Dans le secteur cible du *Terrania,* ils paraissaient serrés les uns derrière les autres, par dizaines.

— Mesure de la distance ! demanda Tyll Leyden que l'image sur l'écran commençait à incommoder.

L'annélicère et l'impotonique avaient donné 68 414 années-lumière comme distance de la Terre à Sépulcre. La distance qui fut alors indiquée n'était qu'une estimation : 3070 années-lumière avec une marge d'erreur de vingt pour cent, en plus ou en moins. La concentration d'étoiles avait quelque 2 000 années-lumière de profondeur et seulement 3 500 de diamètre.

— Alors Sépulcre se trouve derrière, soupira Crouget. Ceci est-il le centre de notre Galaxie ? Juste ciel, je n'aimerais pas vivre là-bas ! Leyden, pourquoi ne dites-vous rien ?

Il répondit mais pas à la dernière remarque de l'Epsalien.

— En tenant compte de la correction de plus ou moins vingt pour cent, Sépulcre se trouve à peu près à 2 400 années-lumière derrière cet amas stellaire. Crouget, si nous regagnons maintenant l'espace normal, combien de temps faudra-t-il pour déterminer les coordonnées avec exactitude ?

— De dix minutes à dix heures, Leyden. N'oubliez pas cette zone à constante instable. J'espère que nous pourrons la fixer avec précision. Dites-moi... Petit-Pierre ne pourrait-il pas nous y aider ?

Pour la première fois, Leyden lui sourit amicalement.

— Je vais le lui demander. Comme vous avez gentiment prononcé son nom ! Vraiment gentiment.

A peine arrivé dans le hangar de l'annélicère, Leyden entendit la voix de l'Epsalien par l'intercom :

— Leyden, peut-il nous aider ? Comment se fait-il que nous ayons sur le dos ces maudits Bienveillants avec leurs navires de molkex dès que nous mettons le nez dans l'espace normal ? Demandez-lui cela aussi.

Leyden transmit la demande à l'annélicère.

Le transformateur de symboles fournit alors coordonnées sur coordonnées. Leyden retint son souffle. Il ne s'était pas attendu à ce qu'il entendit alors. Petit-Pierre délimitait par ses indications le secteur où devait se trouver une constante instable. Et pour couronner le tout, il mesura la distance à la Terre à partir du centre du secteur instable. Qui plus est, avec trois chiffres derrière la virgule.

Phil Crouget ne mit pas en doute les connaissances incroyables de l'annélicère.

— Et pourquoi ne pouvons-nous nous débarrasser des navires de molkex ? Demandez-le-lui, Leyden.

— Je l'ignore, répondit Petit-Pierre.

Le commandant le remercia et coupa la liaison.

— Tyll, dit alors Petit-Pierre, je dois te dire que depuis peu de temps je reçois de Sépulcre des impulsions de plus en plus fortes exprimant une menace sourde.

— As-tu peur ?

Les yeux du jeune annélicère s'éclairèrent. Des sentiments humains s'y reflétèrent. Avant que le transformateur n'ait transmis la réponse, Tyll Leyden en devina le contenu.

— Je n'ai pas peur, Tyll. Du moins pas pour moi. Pour toi si, par contre. Ce front d'impulsions augmente en intensité de seconde en seconde. C'est la première fois que je le reçois et pourtant il m'est familier. Mes congénères ont également repéré le *Terrania*.

— Comment le sais-tu ?

— Je le sais.

Leyden dut se contenter de cette réponse. Il y avait bien des choses que l'annélicère ne pouvait expliquer.

— Tyll, je ne puis plus réfléchir. L'onde est de plus en plus forte. La menace... la menace qui s'y trouve...

36

J'ignore ce que c'est... Tyll, laisse-moi seul. Sépulcre ne veut pas de nous. Ils ne veulent pas voir le *Terrania,* ni moi. Comme... comme mon espèce peut être effroyable !

Leyden savait que personne ne pouvait aider l'annélicère et il quitta le hangar, mais à regret. Il savait trop peu de choses sur ce que Petit-Pierre percevait comme une menace sourde. Mais il ne servait à rien de rester. La grande créature avait fermé les yeux et recroquevillait de plus en plus son long corps.

CHAPITRE III

Le major Phil Crouget était au bord du désespoir. Il lui était impossible de semer les navires de molkex. A peine le *Terrania* se trouvait-il dans l'espace normal que de puissantes escadres de Bienveillants surgissaient de tous côtés. La frégate avait beau voler sous la protection de ses dispositifs anti-détection, rien n'y faisait. Elle était constamment repérée et devait fuir dans l'espace linéaire.

En cet instant, le *Terrania* fonçait dans l'entr'espace et devait repasser dans l'espace normal plus de cent années-lumière plus loin.

— Si ces horribles astronefs de molkex resurgissent, Leyden, j'abandonne! On ne pourra jamais rentrer au port. Nous sommes sur le point de nous perdre dans cette mer d'étoiles. Et je n'ai pas non plus confiance en vos cartes de Majestas.

— Attention! annonça le copilote. Changement de continuum dans trente secondes.

Leyden se dirigea vers le palpeur de masse. Près de l'écran qui était alors gris, un chronomètre égrenait les secondes.

A zéro l'écran du détecteur de masse s'alluma et l'écran panoramique du *Terrania* s'anima.

— Juste ciel! s'écria un homme, épouvanté, en voyant l'image.

Plus de cinquante soleils monstrueux semblaient vouloir écraser le *Terrania*.

Malgré un filtrage maximal, une lumière vive inonda le poste central.

— Pas de détection !

Cela s'était toujours passé ainsi. Tout d'abord aucun navire de molkex en vie puis soudain ils grouillaient dans l'espace environnant.

— Trois minutes. Pas de détection.

Le navire aurait-il quitté le secteur d'action des Bienveillants ?

A droite de l'ordinateur de bord, près de l'enregistreur de gravitation, trois hommes s'agitèrent. Ils ne semblaient pas d'accord. Le copilote avait également observé quelque chose sur des instruments de son pupitre de commande.

— Major, nos écrans protecteurs ne tournent pas rond ! Chute rapide ! La protection anti-détection tombe en panne...

Il ne put poursuivre. L'un des trois hommes s'écria :

— Major, ou bien notre appareil est fichu, ou nous sommes effectivement dans un secteur à gravité terrible !

— Des chiffres, messieurs, des chiffres ! cria Crouget.

L'intercom bourdonna. Depuis son hangar, Petit-Pierre annonça :

— Vous vous dirigez vers un piège gravitationnel. Vous volez vers un centre de gravitation formé de cinq soleils invisibles !

L'Epsalien bondit vers son fauteuil et tourna un bouton, reprenant ainsi le contrôle du vaisseau.

Un voyant d'alerte clignotait en rouge vif. C'était le blocage de tous les dispositifs de sécurité. Avec toute l'énergie disponible, le major fit accélérer le navire. L'enfer se déchaîna dans les salles des machines. Le vacarme franchit toutes les isolations acoustiques. Crouget tenta d'arracher le *Terrania* de sa trajectoire.

Mais le vaisseau ne voulait pas se laisser détourner.

— Commandant, tous les générateurs d'antigravité sont soumis à une surcharge de trente pour cent ! annonça l'ingénieur en chef depuis la salle des machines. Que se passe-t-il chez vous ?

— Pouvons-nous passer à cinq cents ? demanda Crouget dans son micro.

— Oui, mais moins de dix minutes. Après, tout volera en éclats ici.

A la question du major, l'ingénieur en chef avait compris le danger. En temps normal, pousser un générateur jusqu'à cinq cents pour cent de la charge permise signifiait tenter le diable !

Le voyant d'alerte, sur le pupitre devant Crouget, clignota à un rythme frénétique. Dans le poste central on ne s'entendait pas parler tellement le vacarme des machines situées plusieurs ponts en dessous était infernal.

Mais le brusque retour au silence fut encore plus effrayant. Qui plus est, l'écran panoramique s'obscurcit. La mer de soleils avait disparu et l'on n'entendait plus que le vrombissement du kalup.

Le major Crouget était donc parvenu à repasser dans l'espace linéaire. Le navire y poursuivit sa route tandis que l'Epsalien, épuisé, s'essuyait le front. Il dit d'un air déprimé :

— Leyden, venez ici ! Qu'est-ce qu'un centre de gravitation ? Vous en tant que physicien, vous devez le savoir et vous pouvez me l'expliquer ! Qu'est-ce que cette maudite chose ?

— Sous cette forme, major, c'est une nouveauté pour moi. Cinq étoiles invisibles formant un pôle de gravitation commun... Désolé, mais jusqu'à présent ce genre de chose n'a jamais existé.

— En bon intergalacte : vous ignorez tout de ça,

40

hein ? Sans l'avertissement de Petit-Pierre, le sort du *Terrania* serait maintenant réglé. Mais comment était-il au courant de ces cinq soleils ? Leyden, l'annélicère peut-il voir à travers les murs ? Qu'en dites-vous ? Mais parlez !

— Major, je ne puis vous répondre que par des théories.

— Et c'est avec des théories que vous allez affronter les annélicères de Sépulcre, espèce de fou ! s'exclama Crouget, furieux. Pourquoi ne pas prendre une corde pour vous pendre sur-le-champ au lieu de vous compliquer la vie et d'aller sur Sépulcre ?

Mais même par ses questions mordantes et ses allusions, Crouget ne parvint pas à tirer Leyden de sa réserve. Il interpréta son silence correctement :

— Monsieur Leyden, cela signifie-t-il que ce voyage infernal ne sera pas interrompu ?

L'ingénieur en chef se manifesta :

— Commandant, les générateurs d'antigravité deux, quatre et cinq ne doivent plus être poussés qu'à soixante pour cent. Leur révision ne sera possible que dans un chantier naval. Je vous conseille instamment d'interrompre ce vol.

— Je vous tiendrai au courant, répondit Crouget et il coupa la liaison.

Leyden, près de l'enregistreur de gravitation, s'entretenait avec les trois officiers, ou plus exactement il avait posé une question et écoutait maintenant les réponses.

— L'appareil est défectueux, Leyden. Tout juste bon pour la ferraille. Savez-vous combien pesait le *Terrania* dans la zone de gravitation des cinq soleils invisibles ? Il avait cinq fois le poids d'un supercuirassé...

— Il faut faire demi-tour, Leyden ! Mais écoutez donc la voix de la raison ! lui cria Crouget.

La cloison étanche s'ouvrit et le biologiste entra dans le poste central. Alors seulement il prit connaissance du danger auquel ils avaient échappé. Crouget crut que Neev l'aiderait à faire changer d'avis à Leyden.

Mais le scientifique eut un sourire aigri.

— Demi-tour, major ? Maintenant que nous sommes si près du but ? Ça n'est pas possible.

L'air parut manquer à l'Epsalien puis sa voix gronda dans le poste central :

— Messieurs, nous avons deux fous à bord !

Les deux hommes ignorèrent l'injure.

— Major, quant à peu près le *Terrania* pourra-t-il être au-dessus de son objectif ?

— Nous n'arriverons jamais au-dessus de l'objectif parce qu'il n'y a pas de planète là où nous devons aller. Elle n'est même pas marquée sur vos cartes de Majestas !

— Ah !... dit Leyden étonné. D'un seul coup les cartes stellaires de Majestas deviennent crédibles, major ?

Le commandant murmura une espèce de juron et tourna ostensiblement le dos aux deux scientifiques. Pour le moment il ne voulait plus rien avoir à faire avec eux.

Salor Neev expliquait à Leyden ses hypothèses sur l'organisme de Petit-Pierre. Mais Tyll devait faire un effort pour suivre ces explications. L'état léthargique de l'annélicère l'inquiétait bien plus que l'aventure gravitationnelle qu'avait connue le *Terrania*. Les impulsions de menace que l'annélicère captait sans relâche et auxquelles il ne semblait pouvoir échapper, l'avaient plongé dans un état de passivité. Sa mise en garde contre les cinq soleils avait été le dernier témoignage de son intelligence.

— Cette mémoire inexplicable de Petit-Pierre devrait donc tenir à sa substance même, poursuivit Neev avec autorité. Si l'on applique cette supposition aux hommes, cela signifie que tout ce que nous appelons souvenir se trouve dans notre peau. Leyden, je ne puis me débarrasser de l'idée que c'est le cas pour notre annélicère et tous ceux de son espèce. Cela ne montre-t-il pas que les annélicères ont eu un contact quelconque avec le Suprahet ?

— Nous savons que le Suprahet ne possède ni intelligence ni instinct. Mais partir de cet aspect négatif — l'absence d'intelligence et d'instinct —, pour en déduire une relation avec les annélicères, cela ne m'est pas encore possible.

— Mais la relation est bien directe, qui va du Suprahet aux annélicères et acridocères, via le molkex. Voulez-vous fermer les yeux sur cette relation ?

Leyden ne montra pas que la manière dont était posée la question le mettait mal à l'aise.

— Autre chose, collègue : puis-je être certain de votre appui pour poursuivre, quelles que soient les circonstances, notre vol vers le point dont Petit-Pierre nous a donné les coordonnées ?

Un enthousiasme fanatique étincela dans les yeux du vieil homme.

— Voudriez-vous laisser échapper cette chance unique d'acquérir la renommée scientifique simplement parce qu'un commandant obstiné craint pour son navire ?

— Le major Crouget n'agit qu'en pleine conscience de ses responsabilités. L'Epsalien est tout sauf obstiné. Il faut que nous parvenions à le convaincre à quel point cela est important pour nous.

Neev sourit.

— J'aimerais avoir vos pleins pouvoirs, Leyden ! Sur ce point je ne vous comprends pas. Est-ce que votre approche de tous les problèmes est toujours aussi précautionneuse ? Comment donc êtes-vous venu à bout de vos collègues sur Majestas ?

— Là-bas j'ai atteint mon but.

Irrité par cette réponse élusive, le biologiste se leva

et quitta avec démonstration la cabine de Leyden. Celui-ci n'y fit pas attention. Il tira à soi une carte stellaire, l'étendit sur la table et se mit à l'étudier. Elle représentait cette partie de la Galaxie où, d'après les déclarations de Petit-Pierre, Sépulcre devait orbiter autour de son soleil. La carte avait été établie d'après la constellation des soleils du planétarium de Majestas.

Près d'un soleil jaune normal entouré d'étoiles géantes qui le rendaient presque insignifiant, se trouvait la croix des coordonnées, c'est-à-dire un point de l'orbite de la planète Sépulcre.

— Seulement cette planète n'existe pas..., dit Leyden. Or Petit-Pierre affirme le contraire. Qui a raison ?

Une idée lui traversa l'esprit. Il appela le poste central et demanda à parler au commandant.

— Major, avez-vous déjà pu constater que les cartes de Majestas ne correspondaient pas à la réalité ?

— Leyden, vous nous précédez toujours d'une seconde en nous interrogeant sur ce que nous pensions vous apprendre. Non, jusqu'à présent nous n'avons pu constater la moindre différence. Je ne conçois pas qu'elles puissent être exactes quand je pense que le planétarium a été construit 1,2 million d'années plus tôt. D'accord, Leyden, dans le cas présent les faits m'ont converti. Mais vous comprenez ce que cela signifie pour moi, hein ?

— Vous faites allusion au fait que les cartes de Majestas n'indiquent pas la planète Sépulcre !

— Oui, ce vol est peine perdue ! Petit-Pierre a été victime d'un souvenir erroné... et bien qu'il nous ait déjà montré quelques aspects de ses incroyables facultés, cela n'en demeure pas moins une absurdité quand il affirme connaître l'endroit où vit son espèce alors qu'il n'a encore jamais vu cette planète.

— Et sa faculté paranormale de relèvement, Crouget ? Et son état actuel ? Ces hyperimpulsions de menace qui l'ont rendu incapable d'agir ?

— Leyden ! (L'Epsalien donna un ton suppliant à sa voix.) Ne nous en remettons-nous pas trop aux déclarations de Petit-Pierre ? Son mauvais état n'est-il pas dû à ce pôle de gravitation qui a failli nous anéantir ? Eh bien ? N'est-ce pas un argument ?

— Quand atteindrons-nous l'objectif, Crouget ?

Une fois de plus Leyden éludait la réponse en changeant de sujet. L'amabilité de Phil Crouget s'envola :

— Dans une heure quarante minutes. Nous restons dans l'espace linéaire. Mais je vous le jure, Leyden, si nous sommes harcelés par des navires de molkex au-dessus de l'objectif, il ne nous restera plus qu'une solution : demi-tour et cap sur la Terre !

— J'ai bien les pleins pouvoirs, n'est-ce pas, major ? L'auriez-vous oublié ?

Hors de soi, le commandant répliqua :

— L'équipage du *Terrania* ne se portera plus jamais volontaire pour une mission dangereuse s'il doit embarquer des hommes aussi irresponsables que vous ! Je pense que ce jugement ne va pas vous faire plaisir.

— Je suis ravi de votre franchise, major.

Celui-ci abandonna la partie et coupa la communication. Leyden étudia encore une fois les cartes de Majestas.

— Quelque chose ne colle pas ici.

Il déroula une seconde carte qui montrait le même secteur de la Voie lactée mais sous une perspective différente. Il y avait un faible degré de probabilité qu'au moment de l'enregistrement dans le planétarium, la planète Sépulcre se soit trouvée derrière son petit soleil jaune et donc qu'elle ait été cachée par lui.

Sur la seconde carte, les coordonnées indiquées par l'annélicère étaient également reportées. Le point représentait ce soleil qui devait posséder une planète mais ici non plus il n'y avait pas de planète indiquée.

Tyll Leyden abandonna. Il se rendit dans le hangar.

Petit-Pierre était couché, apathique. Il n'ouvrit même pas un œil. S'apercevait-il d'ailleurs qu'il n'était plus seul ? Leyden l'appela par le transformateur de symboles.

L'annélicère ne bougea pas. Inquiet pour l'avenir de son ami, Leyden le laissa. Une atmosphère hostile l'accueillit quand il pénétra dans le poste central. Neev était déjà là. En quelques minutes le *Terrania* avait atteint l'objectif indiqué par Petit-Pierre et le vaisseau allait quitter l'espace linéaire.

Pas un seul officier n'adressa la parole aux deux scientifiques.

Le kalup se tut et le continuum normal accueillit le navire. Les innombrables soleils, certains de véritables géants, se serraient les uns contre les autres, mais à tout juste 100 millions de kilomètres du *Terrania* brillait un petit soleil jaune.

Les télémesures furent effectuées.

— Le soleil de Leyden ? dit Crouget en brisant le silence tendu. Je vais l'enregistrer sous ce nom dans le catalogue. Comment trouvez-vous mon... ?

— Le soleil possède une planète, commandant ! Détection incontestable ! cria une voix dans le poste central.

— Une... ?

Crouget en eut le souffle coupé. D'un bond il fut devant l'appareil et poussa l'officier.

— Où ?

La question était superflue. Il voyait la planète. Le grossissement l'avait fait apparaître. Elle était presque à la même distance de son astre que la Terre du Soleil. Pour ne pas laisser voir son émoi, le major demanda :

— Pas de navires de molkex ?

— Aucun, commandant !

Le *Terrania* avait mis en panne. Les premières mesures arrivèrent. L'astronome Tyll Leyden était dans son élément. Crouget l'observait et allait de surprise en surprise. Sans jamais s'avancer au premier plan, Leyden sut mettre en une minute, tous les hommes disponibles du poste central au travail.

Sacrebleu, pensa l'Epsalien, comment donc fait-il?

Les premières indications exactes arrivèrent : Diamètre : 22 000 kilomètres. Gravité : 1,11. Atmosphère de type terrien. Vastes étendues de glace aux pôles. Température moyenne : 29°.

Une carte perforée sortit de la fente de l'ordinateur. Le cerveau impotonique avait calculé la distance de la Terre à Sépulcre : 68 414 années-lumière.

— Là où il y a de la glace, il y a aussi de l'eau... la plupart du temps, dit Crouget. Que disiez-vous? demanda-t-il à Leyden dont il n'avait pas compris la remarque.

— Nous sommes encore trop loin de Sépulcre, major. Il faudrait nous en approcher.

— Pour l'instant nous restons où nous sommes.

— Nous ne faisons que perdre du temps.

— En ce qui me concerne, mieux vaut perdre du temps que la vie. Et une planète qui n'existe pas sur les cartes, ça m'inquiète. Suis-je assez clair, monsieur Leyden?

Le scientifique ne répondit pas.

Les divers systèmes de détection furent sollicités au maximum étant donné le refus de Crouget de s'approcher de la planète. Une bonne demi-heure plus tard il était établi que l'atmosphère de Sépulcre contenait de la vapeur d'eau. Les officiers travaillaient au problème posé par Leyden avec un véritable enthousiasme. Tous semblaient avoir oublié à quel point le jeune scientifique les avait souvent irrités.

Neev était retourné précipitamment dans sa cabine pour procéder avec ses appareils spéciaux aux mesures concernant son secteur d'activité.

— L'eau couvre un grand pourcentage de la surface de Sépulcre !

Cette affirmation fut étayée par des chiffres sans ambiguïté. Presque au même moment, le détecteur de masse repéra un vaste continent. Peu après, le deuxième fut découvert, puis le troisième et le quatrième. Mais on en resta là.

La découverte suivante provoqua un hochement de tête de l'Epsalien.

— Des forêts? répéta-t-il. Des forêts et de vastes plaines florissantes?

Soudain on s'aperçut que Tyll Leyden n'était plus dans le poste central. Nul ne savait où il était allé.

Tyll Leyden s'était rendu dans le hangar. Quand il ouvrit la porte il rencontra le regard amical de l'annélicère. Tyll vit Petit-Pierre actionner le transformateur de symboles avec ses pinces. L'annélicère ne manifestait plus la moindre trace d'un état dépressif.

— Tyll, les impulsions de menace ont brusquement cessé quand ton navire est entré dans ce système. Par contre le *Terrania* est pris dans les mailles de puissantes forces énergétiques de détection.

— De quelles forces s'agit-il?

L'annélicère ne put répondre à cette question.

— Le moindre mouvement de l'astronef est donc enregistré sur Sépulcre?

— Oui. Mon espèce sera informée sur tout : quand nous atterrirons, qui débarquera et où.

— Et que ressens-tu, Petit-Pierre? Peur de l'avenir incertain? Peur de l'avertissement menaçant que tu as capté? N'oublie pas que tu viens en étranger qui a transgressé l'une des lois les plus importantes de son espèce.

— Je débarquerai sur Sépulcre avec pour tâche d'ouvrir les yeux de mes congénères sur les Bienveillants.

— Mais tu n'arrives qu'avec des affirmations et pas la moindre preuve. Il est possible que tu ne puisses parler et que tu sois anéanti avant de pouvoir exposer tes arguments.

— Tyll, tu penses d'une façon qui m'est si étrangère que je ne puis suivre ton raisonnement. Ma race n'est pas comme la race humaine. Mais pourquoi es-tu si inquiet ?

Un flot de paroles jaillit des lèvres du scientifique. De nouveau il parla du planétarium dans la Montagne Chantante sur Majestas. Il parla de cartes stellaires et du fait que ni un Arkonide, ni un Akonide, ni un Passeur ne s'était jamais aventuré dans ce secteur de la Galaxie. Il dit que Sépulcre n'avait jamais été mentionné sur leurs cartes alors que son soleil l'était. Et que si celui-ci avait des planètes, elles devraient aussi figurer sur la carte.

— Aucune trace de Sépulcre et pourtant c'est une planète relativement grande. Petit-Pierre, je sens qu'ici il y a quelque chose qui ne va pas ! Mais je n'arrive pas à déterminer quoi.

— Je ne puis malheureusement pas t'aider, Tyll, parce que je ne comprends pas ton inquiétude. Une erreur dans le planétarium des Grands Anciens ne dévalorise tout de même pas la reproduction dans la Montagne Chantante !

Leyden sentait nettement que Petit-Pierre et lui parlaient sans s'entendre.

— Ecoute, Petit-Pierre. Nous, les hommes, nous ne comprendrons vraisemblablement jamais la technique des Grands Anciens et nous ne pourrons jamais expliquer comment ils sont parvenus à fabriquer un modèle fidèle de la Galaxie. Quand nous avons découvert cette merveille, elle avait 1,2 million d'années. Pendant cette période, la Voie lactée a légèrement tourné sur son axe et toutes les étoiles s'y sont déplacées. Ce temps écoulé, nous sommes arrivés, nous les hommes. Nous avons compris à quelle échelle la Galaxie était représentée, nous avons fait des calculs et avons constaté avec stupéfaction que chaque étoile de la reproduction se trouvait là où elle devait être. Les Grands Anciens n'en avaient pas omis une. Et devines-tu pourquoi Sépulcre a été omise ? Parce que jadis elle n'existait pas encore !

— Je crois savoir ce que tu veux dire, Tyll, mais tout cela n'éveille rien en moi. Il y a 1,2 million d'années, quand les Grands Anciens combattaient le Suprahet dévoreur d'étoiles, le planétarium existait déjà. L'âge d'or des Grands Anciens a dû s'achever avec la destruction du Suprahet. Ils incorporèrent dans leur reproduction les modifications survenues dans leur environnement galactique immédiat mais ils n'eurent vraisemblablement ni le temps ni la force de constater qu'une nouvelle planète était née en cet endroit de l'espace. En termes simples : Sépulcre est un Suprahet inactif sous une forme matérielle stabilisée, donc du molkex, et ma race est née de ce molkex. Et ainsi tu serais l'ennemi le plus acharné de ma race !

Nous y voilà, pensa Leyden. Petit-Pierre va ouvrir sa large gueule et ses pôles radiants vont cracher sur moi un torrent de feu.

— Et tu crois cela ? demanda-t-il à l'annélicère d'une voix désespérée.

— Je ne le crois pas parce que je te connais, Tyll.

Une confiance inouïe s'exprimait dans ces simples mots. Leyden se passa plusieurs fois la main dans les cheveux.

— Nous avons tous deux négligé une chose, à savoir que l'évolution sur Sépulcre a suivi un autre chemin que sur Hercule. Le molkex dans Hercule s'est comporté comme un virus. Le virus-cristal ne devient vivant que lorsqu'il s'unit à une cellule. Quand le front de choc gravitationnel a frappé Hercule, cette impulsion de gravité a déclenché dans le molkex la réactivation d'une vie figée. Mais pourquoi ce processus ne s'est-il pas aussi produit sur Sépulcre, Petit-Pierre ? Je jurerais que Sépulcre se compose de molkex et s'est constitué à partir des mêmes débris qu'Hercule. Or Sépulcre, également frappé par le choc gravitationnel, n'a pas réagi. Pourquoi ? Parce que le molkex, depuis le moment de sa formation, a suivi une évolution différente. Il faut encore vérifier si ce que je viens de dire est exact. Mais cela pourrait s'être passé ainsi et alors je ne pourrais jamais devenir l'ennemi le plus acharné de ta race. Sépulcre n'est pas Hercule. Sépulcre est devenu quelque chose de tout à fait différent.

— Quoi donc, Tyll ? demanda l'annélicère avec dans les yeux une expression d'attente impatiente.

— Je ne le sais pas encore. Mais s'il me faut découvrir une chose, c'est bien cela. C'est pourquoi je te laisse maintenant. Je reviendrai peut-être juste avant l'atterrissage.

« Et ainsi tu serais l'ennemi le plus acharné de ma race ! » Ces paroles poursuivaient Leyden comme une ombre.

Petit-Pierre se doutait-il du reproche qu'il avait émis ?

Leyden était heureux que le *Terrania* fût en chute libre, sans propulsion. Il avait besoin de temps. Il avait besoin de tous les ordinateurs du bord. Il voulait et devait faire des calculs. Il devait voir en chiffres ou formules ce qui lui était venu à l'esprit pendant sa conversation avec l'annélicère.

Il se mit en liaison par intercom avec le major.

— J'ai besoin de tous les ordinateurs, Crouget. Puis-je en disposer ?

— Vos pleins pouvoirs m'obligent à vous les laisser, répondit l'Epsalien d'une voix rauque.

Leyden prouva qu'il était aussi capable de devenir grossier. Il n'avait nullement pensé à ses pleins pouvoirs en formulant sa demande.

— Mes pleins pouvoirs vous pouvez vous les garder !

Je ne puis dire combien de temps j'ai besoin des ordinateurs. J'arrive.

Il emporta une petite valise pleine de feuillets. Ceux-ci comportaient les données sur le Suprahet, sur le molkex, les annélicères et les acridocères. Leyden posa la valise et l'ouvrit. Tous à bord ignoraient que Leyden était une espèce de recueil de formules ambulant. Il pouvait entendre une formule et l'oublier dans la seconde qui suivait. Mais s'il en avait besoin pour solutionner un problème, il s'en souvenait à l'instant même où il la lui fallait.

Maintenant les choses n'étaient pas différentes. Une seule fois il mit la main dans la valise et en sortit un feuillet. Mais il ne le regarda même pas. La formule qui se trouvait sur le feuillet lui était soudain revenue à l'esprit.

L'Epsalien, assis dans son fauteuil, avait depuis longtemps cessé de hocher la tête. Il se demandait seulement quand Leyden cesserait de fournir des données au cerveau impotonique.

Quand Leyden s'éloigna enfin de l'appareil, plus d'une heure s'était écoulée. Un fauteuil était libre à côté de Crouget. Leyden y prit place. Il ne parut pas voir l'Epsalien.

Ses pensées vagabondaient. Si sa théorie sur la naissance de Sépulcre était exacte, alors les annélicères n'étaient pas d'origine galactique. La race en soi s'était développée ici au milieu des étoiles au cours de 1,2 million d'années mais la chose à partir de laquelle elle s'était développée n'était pas un élément de la Voie lactée. La structure du molkex — comparable à de l'énergie « gelée » — le prouvait. Et à son tour, le molkex n'était qu'une autre forme du Suprahet qui, monstre énergétique dévoreur d'amas stellaires, mi-quadridimensionnel, mi-quintidimensionnel, était venu des profondeurs de l'espace extra-galactique.

Leyden ne remarqua pas qu'il se mettait à soliloquer.

— Mi-organique, mi-minéral..., mi-quadridimensionnel, mi-quintidimensionnel. La table de multiplication de la folie ! Mais pas pour moi. Etrange, pourquoi est-ce que je considère ces formes comme quelque chose de naturel ?

Un appel l'arracha à ses pensées :

— Monsieur Leyden, voici le résultat !

Par la fente du cerveau impotonique une bande perforée sortit en serpentant ; elle ne semblait pas vouloir prendre fin. Leyden s'était approché mais il n'examina pas la bande.

— Vous ne voulez donc pas la regarder ? demanda un officier , la curiosité peinte sur son visage.

Salor Neev, qui ne semblait manquer à personne, demanda par intercom :

— Leyden, pouvez-vous demander qu'on mette le grand ordinateur du bord à ma disposition ?

— Vous pourrez en disposer dans un instant, cher collègue.

— Merci, Leyden. J'ai mis le doigt sur une chose intéressante. Vous serez étonné de voir ce qui va rester de votre théorie !

Le triomphe débordait dans la voix de Neev. Dans le poste central, tous observaient Leyden. Comment réagissait-il à l'annonce du biologiste ?

— Vous pourriez avoir raison, cher collègue.

Et calmement, après y avoir posé la bande enroulée, longue de plusieurs mètres, Leyden ferma sa valise, la souleva et quitta le poste central.

— Que le destin nous préserve à l'avenir de la présence de scientifiques à bord de notre astronef ! cria Crouget, aigri.

Et quand peu après la cloison s'ouvrit de nouveau, il ajouta en son for intérieur :

« Et ça continue. Au suivant, s'il vous plaît ! »

Salor Neev s'avança vers l'ordinateur pour effectuer

des calculs qui devaient démontrer l'absurdité de la théorie de Leyden sur Sépulcre.

Salor Neev avait un ricanement sardonique en entrant dans la cabine de Leyden. Il s'assit et en vint aussitôt au fait :

— Leyden, vous pouvez enterrer votre théorie sur Sépulcre. Sépulcre est depuis deux mille ans au moins, une maison de retraite de taille planétaire. Pas autre chose ! Je vous en prie, voyez... ! Ce sont les tracés du palpeur individuel. Je peux toutefois supposer que le récepteur à haut rendement est en bon état et enregistre parfaitement les ondes mentales. Eh bien, Leyden ? Découvrez-vous une seule onde de reproduction ? C'est l'affaire la plus stérile qu'il m'ait été donné, en tant que biologiste, de voir jusqu'à ce jour. Cela signifie donc que Sépulcre ne peut en aucun cas être la patrie des annélicères. Nous avons poursuivi un fantôme et avons trouvé un œuf planétaire en porcelaine. Ma comparaison vous plaît-elle ? Jolie, n'est-ce pas ?

Dans sa passion, Salor Neev avait perdu tout contrôle de soi. Mais les remarques haineuses ricochaient sur Leyden.

— Mais il vous faudra du temps pour vous familiariser avec le résultat du palpeur individuel, Leyden ! dit le biologiste, croyant avoir découvert la raison du silence de Leyden. (Il montra un signe codé :) Et ceci étaye encore mon affirmation. Mais il y a encore bien d'autres choses là-dedans, à savoir que le dernier annélicère est né sur Sépulcre il y a deux mille ans environ. Par conséquent, la masse des monstres a émigré à ce moment-là et ne considère plus cette planète que comme une maison de retraite. Ce qui nous ramène au point de départ. Notre annélicère nous a mal aiguillés et je doute que nous trouvions sur cette planète une indication sur l'emplacement actuel du monde où vivent les annélicères reproducteurs. Mon cher Leyden, il va maintenant falloir vous creuser la tête et imaginer une nouvelle théorie. Oui, oui, vous êtes encore un peu jeune !

Sans un mot, Leyden rendit son feuillet au biologiste.

— Mais enfin, dites quelque chose ! s'écria Neev.

Leyden le regarda en riant.

— Je m'attendais à ce que vous m'apportiez des nouveautés, cher collègue. Tout ce que vous venez de me dire, je le sais déjà. Je suis d'accord avec votre affirmation que plus un seul annélicère n'est né sur Sépulcre depuis deux mille ans. Mais je maintiens que Sépulcre est la planète mère des grands vers. Mon cher collègue, vous avez oublié un point important dans vos réflexions : les Bienveillants !

Sans se faire de souci, Leyden riait toujours. Ce rire pouvait pousser un fanatique à la démence et Neev n'était pas loin d'avoir un accès de folie furieuse. Finalement il haleta :

— Vous saviez tout cela ? Vous... vous...

Il se leva d'un bond, sortit en courant et claqua violemment la porte derrière lui.

CHAPITRE IV

Bien reposé, Phil Crouget entra dans le poste central de son navire. L'officier de quart lui fit son rapport et parla aussi de Leyden :

— Cela fait treize heures que le scientifique se trouve dans la salle des archives à passer des bandes sans interruption. Sinon, rien à signaler.

— Ce Leyden n'est-il donc jamais fatigué ?

Personne ne répondit.

Le *Terrania* se trouvait toujours en chute libre. Le major procéda aux contrôles de routine puis s'assit dans son fauteuil.

— Que fait Petit-Pierre ?

— Ah oui, répondit l'officier de quart, l'annélicère étudie les bandes que Leyden a écoutées.

Devant l'air peu inspiré de Crouget, l'officier poursuivit :

— Commandant, les bandes mémorielles contiennent tous les événements enregistrés jusqu'à ce jour sur les Bienveillants, annélicères, acridocères et le Supra-het. Elles contiennent aussi en partie les rapports scientifiques sur Petit-Pierre.

— Cet homme est-il devenu fou pour communiquer ces informations secrètes à l'annélicère ? Pourquoi ne m'en a-t-on pas informé ? rugit Crouget et les officiers durent se boucher les oreilles.

— Commandant, répondit l'officier calmement. M. Leyden a fait valoir ses pleins pouvoirs. Nous avons donc les mains liées, n'est-ce pas?

— J'aimerais savoir ce que nous avons fait pour mériter ce fou à notre bord.

Le fou en question se trouvait un pont plus bas. Il écoutait la dernière bande magnétique. Le robot qui devait ensuite l'apporter à Petit-Pierre, l'attendait déjà.

Leyden écoutait mais sa concentration des dernières heures avait diminué. Les nombreux rapports qu'il s'était mis en mémoire et qu'il avait en partie ignorés jusqu'alors, lui avaient fourni une image assez nette des annélicères. Mais sans les derniers résultats d'analyse du cerveau positonique du bord, il ne serait jamais arrivé à cette conclusion.

La bande s'arrêta. Le robot voulut la prendre. Mais à cet instant, Leyden prit une autre décision.

— Non, dit-il, je vais l'apporter moi-même à Petit-Pierre.

Puis il brancha l'intercom et fit appeler son collègue Neev.

Il était dans sa cabine. Les deux hommes ne s'étaient pas revus depuis que le biologiste avait claqué la porte de la cabine de Leyden.

— Voudriez-vous m'accompagner au hangar, mon cher collègue? Je dois discuter d'une chose avec Petit-Pierre et j'aimerais que vous soyez présent.

— Bon, j'arrive.

Ils se retrouvèrent à la porte du hangar. Leyden allait l'ouvrir quand Neev le retint.

— Je vous prie d'excuser mon comportement dans votre cabine, Leyden. L'enthousiasme m'avait fait perdre pied.

— C'est une affaire classée, Neev. Ce genre de chose peut arriver à tout le monde.

Le biologiste le regarda avec gratitude. Il voulut encore ajouter quelque chose mais Leyden le précéda:

— Restons-en là. Je vous en prie.

Et il laissa Neev passer en premier. Intentionnellement.

Et son plan réussit.

Au moment où ils entrèrent, Petit-Pierre mettait en route une nouvelle bande, il alluma le transformateur de symboles et écouta le rapport.

Neev s'était arrêté.

— Est-ce vous qui lui avez appris cela?

— J'ai fait apporter l'appareil par un robot. Tout le reste, c'est Petit-Pierre qui s'en est chargé.

Ils attendirent que l'annélicère ait pris connaissance du contenu de la bande. Quand ce fut terminé, Leyden se mit à parler.

Il partit de l'idée que Sépulcre était né des débris du Suprahet et avait été capté par le petit soleil jaune. Puis au cours du temps il s'avéra que le molkex devenu matériellement stable, évoluait ici tout à fait différemment des masses de molkex à l'intérieur d'Hercule. Leyden ne mentionna pas quels facteurs donnèrent naissance à la vie sur Sépulcre. Les annélicères vinrent s'ajouter à une flore qui se développa au cours des millénaires. Bien qu'à l'époque des premières chenilles géantes, Sépulcre ait pu concurrencer Hercule par la taille, selon toute vraisemblance, la planète s'avéra trop petite quand les acridocères sortirent des premiers œufs, se multiplièrent par scissiparité à une rapidité inquiétante et dévorèrent la planète.

Ce processus se répéta si souvent que Sépulcre en perdit jusqu'à 90 pour cent de sa masse.

Pendant les intervalles au cours desquels un nombre effrayant de concentrations se forma à partir de masses de molkex, d'où sortirent à leur tour des annélicères, les jeunes vers géants s'entre-déchirèrent ou la nature effectua une sélection nouvelle impitoyable parmi eux, de sorte que tout au plus deux dizaines d'annélicères atteignirent l'âge où ils purent pondre leurs œufs.

Ce cycle fut interrompu quand les Bienveillants découvrirent Sépulcre, comprirent la valeur du molkex et parvinrent à prendre contact avec les annélicères. Les Bienveillants proposèrent de conduire tous les annélicères qui approchaient de la maturité, sur une planète appropriée afin qu'ils puissent y pondre leurs œufs en toute tranquillité. En contrepartie ils réclamèrent la majeure partie de la masse de molkex que produisaient les acridocères en se multipliant.

Les Bienveillants blindèrent leurs vaisseaux avec ce molkex. Ils veillèrent en outre à ce que seulement vingt annélicères naissent sur chaque planète dévorée. Des vaisseaux venaient chercher les jeunes animaux et les conduisaient sur Sépulcre où ils restaient jusqu'à leur maturité.

Leyden ne pouvait expliquer pourquoi les Bienveillants ne s'étaient pas aperçus jusqu'alors du haut quotient d'intelligence des annélicères et les considérait toujours comme des bêtes effroyables que selon toute vraisemblance ils avaient souvent utilisées comme troupes auxiliaires sans se douter que l'aspect criminel de leurs agissements avait pleinement été reconnu par les vers géants.

Petit-Pierre écouta les explications du jeune scientifique avec autant de curiosité que le biologiste.

— Ce n'est pas le transport sur une planète appropriée pour y déposer tranquillement leur ponte qui influença la sphère affective des annélicères mais l'extorsion par les Bienveillants de la majeure partie de la masse de molkex. Bien qu'opprimés, les annélicères devinrent pour la première fois une race puissante. Laissons en suspens la question de savoir si c'est la tâche des générations futures d'annélicères de se soulever un jour contre les Bienveillants. Que penses-tu de ma supposition, Petit-Pierre ?

Mais le biologiste le devança. Avec une ardeur fanatique, il reprit le fil que Leyden avait filé jusque-là et fit savoir qu'il trouvait très vraisemblable le point de vue de Leyden sur l'évolution des annélicères.

Il tira ses arguments exclusivement du domaine de la biologie. Il interpréta l'aversion de Petit-Pierre à l'égard des Bienveillants de la manière suivante. L'accord entre les annélicères de Sépulcre et les Bienveillants, d'après lequel la majeure partie de la masse de molkex revenait aux Bienveillants, devait déjà avoir imprimé une antipathie dans le molkex, laquelle avait ensuite été transmise aux annélicères se développant dans les cocons.

— Si ma supposition correspond à la réalité, poursuivit Neev, l'idée qu'il existe des hyperliaisons entre les annélicères et les navires de molkex ne serait nullement utopique. N'oublions pas ce qui s'est passé quand le molkex à l'intérieur d'Hercule s'est trouvé presque au terme de son processus de métamorphose. Des navires de molkex éclatèrent comme des bulles de savon et Petit-Pierre faillit périr sous l'effet des hyperimpulsions qui émanaient du molkex d'Hercule. Nous devrions garder ce point à l'esprit et le mettre en avant après avoir pris contact avec les congénères de Petit-Pierre.

Leyden avait écouté avec le plus grand intérêt.

— Vous supposez que les annélicères peuvent détecter tout navire de molkex parce que la coque du navire se compose de cette matière?

— Oui !

Les deux Terriens regardèrent l'annélicère. Après un moment de silence, celui-ci déclara par le transformateur de symboles :

— Je ne découvre aucune erreur, ni fausse conclusion. Mais j'ai réalisé que je ne me rendais plus sur Sépulcre avec seulement des accusations contre les Bienveillants mais aussi des preuves que mon espèce a été opprimée depuis le premier contact.

— Cette preuve seule n'est pas assez convaincante,

objecta Leyden. Nous avons établi qu'environ dix mille créatures de ton espèce vivaient actuellement sur Sépulcre. Sans l'offre des Bienveillants, il y aurait tout au plus place pour dix. On va t'opposer cet argument. Et alors tu seras de nouveau ce criminel qui a transgressé l'une de vos plus importantes lois. Tu peux citer le facteur d'oppression mais sous ce rapport tu dois accuser les ancêtres de ta race d'avoir enfreint une loi élémentaire de l'espèce. Tu dois poser à tes congénères la question suivante : *Quelle loi a donné à nos ancêtres le droit de permettre la limitation à vingt du nombre d'annélicères pouvant se développer sur chaque planète de molkex ?* Et si ensuite tu avances que c'est par opposition à cet accord irresponsable que tu as révélé l'intelligence de ta race, ton manquement à l'une de vos lois ne pourra plus être considéré comme aussi grave.

La réponse de Petit-Pierre fut singulière :

— Vous êtes bien le seul phénomène dans cette galaxie !

Tyll Leyden et Salor Neev se regardèrent d'un air interrogateur. Puis Leyden fit entendre à l'annélicère des extraits de leur conversation.

— Pourquoi as-tu enregistré tout cela, Tyll ?

— Tu aurais dû demander pourquoi je t'informais de cet enregistrement. Je voudrais t'utiliser comme couverture quand nous débarquerons sur Sépulcre et rencontrerons des créatures de ton espèce. Je leur dirai alors qu'il est inutile de nous tuer, Neev et moi, parce que tout ce que nous savons se trouve aussi à bord de notre navire. Et si tu confirmes mes propos ils auront plus de poids.

— Tyll, comment sais-tu que les choses en arriveront là sur Sépulcre ?

Le jeune scientifique sourit.

— Parce que nous te connaissons un peu. Et il n'est donc pas difficile de déduire la réaction de ta race. Mais je crois que maintenant il est temps de descendre enfin sur Sépulcre.

Crouget regardait le jeune homme d'un air de pitié. Sa mimique montrait bien qu'il tenait Leyden pour fou.

— Dix mille de ces bêtes vivent là en bas. Et pas un seul n'est comme notre Petit-Pierre. Leyden, soyez raisonnable. Votre projet c'est du suicide ! N'ai-je pas raison, monsieur Neev ?

— Ne croyez pas que je vais vous soutenir, major. Ce n'est pas vous qui avez raison mais nous : Petit-Pierre, Leyden et moi. Dix mille annélicères ne sont pas plus dangereux qu'un seul. Nous ne sommes même pas en mesure d'en tuer un. Mais là n'est pas notre objectif. Nous voulons établir le dialogue avec cette race intelligente. Vous savez bien quel en est l'enjeu pour la Voie Lactée. Ou auriez-vous déjà oublié le fléau des acridocères qui a frappé trois cents planètes habitées ? Je sais que vous vous inquiétez pour nous mais cela ne nous empêche pas d'exiger d'être maintenant débarqués sur Sépulcre !

— Vous avez les pleins pouvoirs. (Crouget comprit que les deux experts ne tiendraient aucun compte d'une mise en garde quelconque.) Eh bien, descendons vers Sépulcre. Où faut-il que je vous dépose ?

— Sur le continent tout en longueur ! décida Leyden.

— Pourquoi celui-là précisément ? Il est couvert à quatre-vingts pour cent de forêts !

— Parce que c'est là que vivent la plupart des annélicères, major. Encore une chose : faites régler les récepteurs de télécom sur la fréquence convenue. Si je vous appelle pour demander l'atterrissage du *Terrania,* déchargez avant tout la caisse plastique plombée qui se trouve dans ma cabine. Possible que d'ici là j'aie encore envie d'autre chose. Mais la caisse est et reste le plus important.

— Que contient-elle ? voulut savoir Crouget.

— Nous allons vers Sépulcre ? demanda Leyden en ignorant la question.

— Oui, par le diable nous allons y aller et je serai l'homme le plus heureux quand vous ne serez plus à bord ! gronda l'Epsalien.

— C'est parfaitement votre droit !

Leyden et Neev quittèrent le poste central et regagnèrent leurs cabines pour se préparer à l'atterrissage. Avant le départ de la Terre il avait été décidé que le *Terrania* ne resterait pas plus de cinq minutes à la surface de la planète. Après la sortie des deux experts et de Petit-Pierre, le matériel devait être rapidement débarqué. Puis la frégate repartirait et attendrait en orbite l'évolution de la situation sur Sépulcre.

Petit-Pierre était déjà en route vers le grand sas quand Leyden et Neev descendirent par le puits antigrav, accompagnés de quelques robots qui portaient les appareils dont un transformateur de symboles portatif avec dispositif de réglage.

Sépulcre était un monde à atmosphère d'oxygène, splendide mais un peu trop chaud.

— Que ressens-tu ? demanda Leyden au jeune annélicère.

— Simplement une détection, Tyll. Rien d'autre. Sur Sépulcre, mes congénères suivent l'atterrissage du navire.

— Peux-tu déterminer où ils se trouvent, Petit-Pierre ?

— Naturellement. Ils se sont retirés dans les forêts et attendent.

Le *Terrania* se posa assez durement sur Sépulcre. Les étançons amortirent fortement le choc. Au même instant les deux portes du sas s'ouvrirent et la large rampe fut sortie.

Petit-Pierre tendit son corps, posa la queue sur le sol et s'élança. Il traversa le sas comme une flèche et toucha le sol loin devant la rampe. Quand il regarda vers le navire, il vit Leyden, Neev et les robots descendre la rampe en courant.

A peine les robots eurent-ils atteint leur objectif, à trois cents mètres du navire, qu'ils posèrent les appareils et retournèrent vers le *Terrania*. Leyden et Neev continuèrent à marcher vers la lisière de la forêt qui entourait la clairière de toutes parts. Ils voulaient être le plus loin possible du vaisseau quand ses propulseurs déploieraient toute leur énergie.

— Mais qu'a donc Petit-Pierre? cria Leyden en montrant le jeune annélicère, tandis que l'astronef disparaissait dans le ciel sans nuages.

Petit-Pierre se tordait comme s'il était en proie à de violentes souffrances. Les deux hommes s'arrêtèrent net, se jetèrent un coup d'œil inquiet et regardèrent autour d'eux mais ne virent rien d'insolite.

— Menace! cria Leyden alerté.

D'un mot il avait exprimé ce qui fondait sur eux. Et ils comprirent alors pourquoi Petit-Pierre se comportait aussi singulièrement.

Un large front d'impulsions super-violentes, qui n'étaient rien d'autre qu'une menace, les avait assaillis. Les ondes venaient de toutes les directions et provoquèrent de légères nausées chez les deux hommes.

— Petit-Pierre! cria Tyll Leyden.

D'un bond gigantesque, l'annélicère fila dans les airs. Il n'entendit pas le cri de Leyden. Puis il retomba pour tendre en un éclair son corps de ver et se recroqueviller de nouveau.

Ensemble, Leyden et Neev crièrent son nom.

Ils ne sentaient pas qu'ils étaient baignés de sueur. En cet instant, leur peur pour Petit-Pierre était plus forte que la peur de cette onde menaçante qui augmentait sans cesse d'intensité.

Petit-Pierre disparut entre les arbres bizarres de la

lisière proche. Les hommes virent encore quelques cimes osciller violemment puis plus rien.

Ils étaient seuls. La créature en laquelle ils avaient eu une confiance totale, avait fui dans une peur panique devant le front d'ondes.

Les deux scientifiques retournèrent à l'endroit où les robots avaient déposé les appareils.

— De jolies perspectives ! constata Neev avec amertume. Je ne m'étais imaginé ainsi nos premières minutes sur Sépulcre.

Leyden se contenta de grogner. Il s'agenouilla et mit en marche le transformateur de symboles. L'appareil bourdonna. Leyden tourna le bouton de réglage. Le bourdonnement persista. Cela signifiait indubitablement qu'il n'y avait pas d'annélicère à proximité.

Leyden examina les deux combinaisons de vol qui se trouvaient entre les appareils. Il hésitait à utiliser la sienne.

— Risquons le coup, Neev !

— D'accord, répondit le biologiste. Je pense aussi que nous devons aller droit au but.

Leyden s'arrêta net.

— Je ne sens plus aucune menace.

— C'est bien le signe que les annélicères ont capturé Petit-Pierre. J'espère qu'ils ne le tueront pas sur-le-champ. Ce fut de l'imprudence...

Quelque chose de violet, de long, jaillit de la forêt dans leur direction. Involontairement, les deux hommes portèrent la main à leur radiant mais aucun d'eux ne dégaina son arme. Ils avaient reconnu l'annélicère qui sautait.

Petit-Pierre était revenu !

Le transformateur de symboles traduisit ses informations.

Ils étaient encerclés par quelques milliers d'acridocères. Petit-Pierre avait tenté de passer en plusieurs

65

endroits. Partout des éclairs énergétiques l'avaient contraint à faire demi-tour.

— Ils approchent de tous côtés. Dans une heure ils auront atteint la lisière de la forêt.

— N'as-tu pas tenté de t'expliquer, Petit-Pierre ?

— Ils ne veulent pas m'entendre. Ils me haïssent. Ils me méprisent parce que je vous ai indiqué la route de notre monde. Ils veulent me détruire... et vous aussi ! Mais moi d'abord !

— Je vais leur parler par le transformateur de symboles.

— Tyll, ils ne capteront absolument pas les impulsions !

— Nous allons quand même essayer. Réfléchis à ce que tu peux leur communiquer en quelques secondes. Il faut que ce soit assez important pour ta race pour les empêcher de te détruire sur-le-champ et sans t'entendre !

L'annélicère ne répondit pas. Les deux hommes n'insistèrent pas. Soudain, Leyden sentit la main de son collègue sur son épaule et il vit que Neev montrait Petit-Pierre.

L'aspect de l'annélicère se transforma. Sa peau cornée violette se mit à briller

— Petit-Pierre, que fais-tu ? cria Leyden qui n'avait encore jamais rien observé de ce genre.

— J'ai faim. Je mange !

Le jeune annélicère tirait sa nourriture directement du soleil jaune. Involontairement, Leyden ne put s'empêcher de penser au Suprahet. Lui aussi vivait d'énergie qu'il tirait des espaces quadridimensionnel et quintidimensionnel.

Le « repas » de l'annélicère n'était pas encore terminé. Le physicien cherchait désespérément un indice qui lui aurait permis de savoir par quels moyens Petit-Pierre exploitait l'étoile Leyden, comme l'avait nommée Crouget. Il ne trouva rien mis à part le fait que la peau chitineuse du jeune annélicère commençait maintenant à émettre bel et bien un rayonnement violet.

— Tyll, ils approchent. Ils savent que je suis avec vous. Ooff est parmi eux.

— Qui est Ooff ?

— Ooff c'est Ooff, Tyll. Je n'en sais pas davantage. Il vient de me dire qu'il est Ooff.

— Peuvent-ils entendre ce que nous disons, Petit-Pierre ?

— Tout, et tous peuvent l'entendre. Mais ils ne veulent rien entendre. Ils sont fermés aux impulsions de ton traducteur.

Le biologiste ne manifesta aucune peur. Il s'assit sur un appareil et réfléchit. Il ne semblait pas se soucier des quelques milliers d'annélicères adultes qui arrivaient de tous côtés pour les tuer. Soudain il redressa la tête.

— Petit-Pierre, sens-tu dans ton inquiétante faculté mémorielle ou dans un compartiment énergétique de connaissances, que ta race doit te tuer sur-le-champ parce que tu as enfreint les lois ?

— Sous cette forme je ne puis répondre à cette question, Neev. Ce que vous les hommes appelez la mort n'est pas une mort pour nous. Ce que vous considérez comme une destruction, n'est pas une destruction pour nous. Ce malentendu m'est imputable parce que j'ai tenté de penser comme vous le faites. Si Ooff supprime mon ego, je ne meurs pas. Et je ne serai pas non plus détruit si je transmute la matière en énergie.

— Il te libère ? intervint Leyden.

— Oui, Tyll ! (Depuis quand un transformateur de symboles pouvait-il transmettre l'enthousiasme ? Mais ils eurent l'impression que Petit-Pierre avait répondu d'un ton enthousiaste.) Ooff me libère. C'est tout. Rien ne peut me tuer ou me détruire. On peut seulement me libérer.

— Je ne comprends pas, dit le biologiste.

— Moi, si, dit Leyden en prenant une profonde inspiration.

Ces quelques minutes lui avaient révélé plus de secrets sur les annélicères que toutes les dernières semaines. Et il n'avait encore jamais compris aussi nettement qu'en cet instant la liaison étroite entre le Suprahet et tous les annélicères.

— Si vous compreniez quelque chose au Suprahet, vous devriez saisir facilement ce que veut dire Petit-Pierre par la libération de son ego.

— Je suis biologiste, pas physicien, Leyden...

Le physicien s'anima :

— Parfois on a besoin d'une impulsion pour avoir l'idée lumineuse. Allez, Neev, aidez-moi à connecter le convertisseur au transformateur de symboles. Vous savez bien, le contact AB-BA, et la couleur avec la couleur. Je veille à ce que les dispositifs de sécurité ne sautent pas.

— Mais cela ne me dit toujours pas ce que vous projetez, Leyden !

— Je veux amplifier de mille pour cent les impulsions du transformateur de symboles. Si Petit-Pierre ne m'avait expliqué le fonctionnement de l'appareil, je n'aurais jamais eu cette idée. Ne vous inquiétez pas, Neev..., quand vous aurez l'AB-AB, veillez à ne pas mélanger les couleurs.

Il souleva le revêtement latéral, s'agenouilla et oublia où ils se trouvaient.

— Tyll, ils arrivent ! l'avertit Petit-Pierre.

— Terminé ! (Le dispositif de blocage du revêtement latéral s'enclencha. Les connexions magnétiques furent stimulées.) Je peux y aller, Neev ?

Le biologiste inclina la tête.

— Voici les premiers ! cria Petit-Pierre. Ne percevez-vous pas leur haine ?

Tyll Leyden sentit que le commutateur principal du convertisseur s'enclenchait. Il n'avait pas le temps de lever les yeux. Avec une légère inquiétude il observait l'appareil de traduction. L'appareil supporterait-il à long terme cette surcharge dangereuse ?!

Ils n'avaient pas d'appareil de rechange.

— A couvert ! s'écria le biologiste en se jetant par terre.

Ebloui, Leyden ferma les yeux. Un éclair d'énergie aveuglant avait jailli de la lisière de la forêt et avait frappé Petit-Pierre.

Puis un enfer de décharges énergétiques s'abattit sur les deux hommes. Des centaines et des centaines d'éclairs zébrèrent la clairière. Chaque éclair n'avait qu'un but : atteindre Petit-Pierre. Un rugissement sortit du transformateur de symboles. Leyden et Neev voyaient leur dernière heure arriver quand les éclairs cessèrent brusquement.

Les hommes avaient toujours le visage collé contre le sol. Instinctivement ils s'étaient mis les bras autour de la tête. Quand un grondement sourd retentit près d'eux, Leyden leva la tête.

L'orée de la fort déversait un flot d'annélicères. Ils arrivaient de tous côtés par des bonds géants. Il en venait des centaines.

Petit-Pierre était couché devant leurs appareils et ne bougeait plus.

Son ego est-il déjà libéré ? se demanda Leyden. Puis il resta interdit parce que la surface de Petit-Pierre luisait toujours d'un violet intense.

Les bonds des annélicères retentissaient sourdement comme un coup de cymbale. Le sol se mit à trembler Leyden sentit qu'il lui fallait agir sinon un éclair d'énergie les réduirait en fumée.

Pour eux cela ne signifiait pas la libération de leur ego mais la mort !

— Qui est Ooff ? Qui est Ooff ? (Il prononça le mot tel qu'il l'avait entendu dans le transformateur de symboles. Leyden tourna encore une fois le dispositif de réglage. Le bourdonnement de son appareil fut couvert par le bruit des sauts des vers géants.)

Soudain, comme un rugissement, l'appel sortit de l'appareil :

— Que veux-tu ?

— Es-tu Ooff ? demanda Leyden sans crainte en cherchant dans la direction indiquée par le réglage.

Un monstre énorme, à la peau ridée, sortit de la foule des annélicères.

— Je suis Ooff. Qui es-tu ?

— Je m'appelle Leyden et mon compagnon c'est Neev ! répondit-il et il attendit la réaction avec impatience.

Un mur d'annélicères les encerclait.

Pas un signe ne vint de Ooff.

Ooff se renseigna auprès de Guuhl qui se trouvait depuis peu sur Sépulcre et était arrivé par l'un des derniers navires des Bienveillants.

— Est-ce là une des créatures dont tu nous as parlé, Guuhl ?

— Oui, c'est à cela qu'elles ressemblent. Toutes sont aussi petites mais par contre extrêmement gênantes.

— Sont-elles intelligentes, Guuhl ?

Guuhl garda le silence parce qu'il ne pouvait répondre à cette question.

L'attente devenait trop longue pour la petite créature. A l'aide de son appareil, Leyden attaqua le vieil Ooff avec des impulsions concentrées. En un éclair l'annélicère bloqua la réception mais il constata avec stupéfaction, que bien qu'affaiblies, les impulsions lui parvenaient malgré tout clairement.

Avec une exaspération croissante, Ooff dut écouter le message de la petite créature :

— Nous savons que vous êtes intelligents, Ooff. Vous n'avez pas besoin de nous jouer la comédie comme vous l'avez fait aux Bienveillants depuis long-

70

temps. Pourquoi avez-vous empêché la créature de votre race qui est arrivée avec nous, de se justifier ? Que lui avez-vous fait ? N'avez-vous pas tous enfreint l'une de vos lois, maintenant, Ooff ?

Ooff ne montra pas l'étonnement dans lequel le plongeait l'appareil minuscule qui permettait à ces deux petites créatures de se faire comprendre.

— Leyden, dit-il par impulsions, nous ne vous avons pas invités à venir sur notre monde. Nous ne vous avons pas donné la permission d'y poser le pied. Aussi n'avez-vous aucun droit de nous adresser des reproches. Celui qui est arrivé avec vous est un traître. Les traîtres seront punis.

— Ooff, veux-tu libérer son ego sans écouter ce qu'il a à dire ? Veux-tu ajouter un autre crime à celui de vos ancêtres ?

En un éclair, Ooff étouffa toutes ses impulsions. Des quatre continents lui parvenait l'appel de ses congénères qui étaient en mesure d'écouter l'entretien. Ils voulaient savoir ce que voulait dire la petite créature en parlant du crime de leurs ancêtres.

Ooff leva les yeux vers le soleil. Il inondait toujours son monde de sa lumière mais l'annélicère avait l'impression que l'astre avait soudain changé de visage. Puis ses yeux se reposèrent sur les deux petites créatures. Il lui parut difficile d'imaginer qu'elles pouvaient devenir gênantes. Mais il ne lui fut pas difficile de comprendre qu'elles en savaient plus sur sa race que toute autre créature dans la Voie lactée.

— Ooff, veux-tu encore aggraver le crime de tes ancêtres ? entendit-il de nouveau. Interroge celui de ta race qui est arrivé avec nous et tu apprendras ce que nous savons à votre sujet !

— Tu en sais trop, Leyden, et Neev aussi. Vous avez vous-mêmes prononcé le jugement !

En disant cela, Ooff sentit l'inquiétude le saisir. De

ses yeux perçants il vit que ses paroles n'avaient aucun effet sur les deux créatures.

— Ooff, nous en savons encore bien davantage sur vous ! Nous savons tout ! Et bien plus que vous-mêmes. Nous savons aussi que vous êtes les esclaves des Bienveillants ! Nous savons que vous vous comportez devant eux comme si vous étiez des bêtes stupides. Et je sais aussi que tous ceux de ton espèce sur ce monde, peuvent m'entendre. Ooff, me faut-il leur crier que tu cours le risque de commettre un crime encore plus grand que celui de vos ancêtres ? Ooff, veux-tu pousser ta race à libérer ton ego ?

Tyll Leyden s'était tellement reculé que le transformateur de symboles ne pouvait retransmettre sa respiration difficile. Les deux scientifiques attendaient maintenant avec impatience, la réaction qu'allaient provoquer les paroles de Leyden.

Ils étaient dans un cercle de moins de cent mètres de diamètre. Quatre annélicères bondirent en avant et atterrirent avec un bruit sourd. Mais ils ne prêtèrent pas attention aux hommes. Ils s'occupèrent de Petit-Pierre et le traînèrent vers leurs congénères.

Comme changé en pierre, Leyden regarda faire pendant quelques instants puis il sentit la rage s'emparer de lui. Mais il se maîtrisa.

— Ooff, cria-t-il par le transformateur, si vous libérez l'ego de notre ami, les Bienveillants apprendront bientôt qui vous êtes réellement ! Ils vous tiennent ! Et par vengeance, parce que vous ne leur avez jamais révélé votre intelligence, ils vous réduiront totalement en esclavage !

L'appareil de traduction bourdonnait. Deux hommes étaient encerclés par quelques milliers d'annélicères. Ils ne voyaient plus trace de Petit-Pierre. Salor Neev jeta un regard désespéré à Leyden.

— Ooff, reprit Leyden, que faites-vous à notre ami ?

— Attends encore un peu, Leyden.

Leyden et Neev attendirent. L'appareil bourdonnait toujours.

— Ils approchent, chuchota le biologiste.

Leyden aussi avait déjà fait cette constatation. Le cercle se rétrécissait lentement. De tous côtés, les annélicères s'approchaient. Ils avaient maintenant franchi la ligne des cinquante mètres. Serrés les uns contre les autres, ils formaient un rempart d'annélicères.

— Comprenez-vous ce que cela signifie, Leyden ?

Pour la première fois, la voix de Neev trembla.

Une idée vint à l'esprit de Leyden.

— Neev, parviendrez-vous encore à rire de bon cœur ?

— Immédiatement, si c'est pour nous sortir de là. Qu'en attendez-vous ?

— Essayons !

De la main il donna le signal. Ils éclatèrent de rire. Tout d'abord cela sonna faux mais ensuite leur rire fut réellement enjoué et tout en riant, les deux hommes se retournèrent et regardèrent l'armée d'annélicères.

Neev, le premier, perdit le souffle. Le rire de Leyden continua encore quelques secondes puis se transforma en un large sourire.

Leur tentative portait déjà ses fruits. L'armée des annélicères se figea.

Leyden s'assit sur le petit convertisseur. Il ignorait si les annélicères étaient capables de déduire sa disposition d'esprit de son attitude. Mais comme ils avaient compris le rire, il fallait supposer qu'ils interpréteraient l'attitude nonchalante de Leyden comme l'expression de son assurance. Et c'était ce qu'il voulait obtenir. Il cria :

— Ooff, pourquoi devons-nous attendre encore ? Je n'en vois aucune raison, même si toi et tes congénères vous rapprochez encore ! Avant toute chose, qu'est devenu notre ami ?

La réponse d'Ooff vint aussitôt :

— Nous vérifions sur lui si nous pouvons te croire, Leyden !

Le jeune scientifique réagit vivement :

— En quoi consiste cette vérification, Ooff ? Est-ce que par là l'ego de notre ami se trouve libéré ?

— Il n'en est pas encore menacé, Leyden. Nous vérifions le contenu de son esprit. Il nous a facilité la tâche parce qu'il a mangé avant. Leyden, pourquoi est-il ton ami ?

Neev aussi sursauta en entendant la question. N'était-ce pas là le premier indice que l'hostilité des annélicères faiblissait lentement ?

Mais quelques instants plus tard un sentiment de haine pure s'alluma dans les yeux de plusieurs centaines d'annélicères.

Ooff était le porte-parole de toute une race. Moins de cinq mètres séparaient les deux hommes du vieil annélicère qui avait mis toute sa haine dans ses impulsions mentales :

— Leyden, tu es l'ennemi le plus acharné de notre race !

Tyll Leyden craignait que les annélicères n'en viennent à cette conclusion. La vie des deux Terriens n'avait jamais été aussi menacée qu'en cet instant.

— Ooff, je suis votre ami ! Je suis venu pour vous apporter l'amitié de ma race. Sonde le contenu mental de notre ami. Vous découvrirez que j'ai dit la vérité. Et vous découvrirez que j'en sais plus sur vous et vos origines que vous-mêmes !

Tyll Leyden ne comprenait pas d'où lui venaient cette assurance et ce calme qui lui faisaient répondre d'une manière aussi convaincante. Il savait seulement qu'un seul mot erroné de Neev ou de lui pouvait leur coûter la vie.

Il se vit entouré de grands yeux reflétant la haine ;

mais il découvrit aussi que dans les yeux d'Ooff, la haine avait perdu de son intensité.

— Leyden...

L'appareil se tut.

Que s'est-il donc encore passé ? se demandèrent les deux hommes, alarmés. Ils n'avaient d'yeux que pour Ooff. Celui-ci avait fermé les yeux. Il les rouvrit lentement au bout d'un moment.

Le désespoir frappa les deux scientifiques ; un désespoir mêlé d'une profonde tristesse.

Leyden se défendit contre ces sentiments.

— Ooff, je ne te comprends pas. Explique-moi ce que signifie votre désespoir !

Dans le transformateur de symboles le bruissement se fit plus fort, puis la réponse d'Ooff arriva :

— Leyden, tu as brisé notre avenir !

Le jeune physicien et astronome comprit l'annélicère. Ooff faisait allusion à la destruction de la masse de molkex en métamorphose à l'intérieur d'Hercule. Mais Leyden ne comprenait pas entièrement l'allusion.

— Leyden, sans le savoir, tu as été l'exterminateur de notre avenir. Tu appelles notre congénère Petit-Pierre. Restons-en là tant que nous discuterons. Cela évitera des erreurs. Mais nous ne comprenons pas comment vous, les hommes, vous êtes parvenus à faire miroiter l'amitié aux yeux de Petit-Pierre.

A cet instant, Leyden comprit tout. Il comprit aussi à quel point les processus de pensée des annélicères se déroulaient différemment de ceux des hommes.

Les annélicères devaient voir la destruction d'Hercule et de son molkex autrement que les hommes.

Et Tyll Leyden essaya alors d'expliquer à Ooff le Suprahet et la relation qui l'unissait au molkex. Leyden n'eut pas d'effort à faire pour formuler ses pensées. Il parla comme un homme qui révèle son propre moi.

— Nous t'avons compris, Leyden, dit Ooff. Nous saisissons aussi qu'il est inutile de vous tuer, toi et

Neev. Et nous comprenons pourquoi, il y a quelques semaines, quelque chose nous a appelés et torturés pour ensuite s'interrompre brusquement. Cela a pris fin avec la destruction d'Hercule. L'anéantissement du Suprahet nous a fermé la porte de notre avenir.

Leyden avait déjà une réponse toute prête quand il s'arrêta court. Il lui vint un soupçon inquiétant. Et si les hyper-liaisons entre les masses de molkex étaient beaucoup plus intimes qu'on ne l'avait supposé? Fallait-il interpréter l'allusion au futur des annélicères par le fait qu'ils avaient rêvé de redevenir un jour un Suprahet grâce à une métamorphose collective?

Si ce soupçon était exact, Leyden devait maintenant mettre en œuvre tout son talent dialectique.

En hâte, simplement pour dire quelque chose, il déclara :

— Je ne crois pas que j'aie brisé votre avenir. Et j'ai des raisons pour affirmer cela.

Neev remarqua l'inquiétude de son collègue.

— Qu'avez-vous? demanda-t-il à voix basse.

Tyll Leyden était pressé par le temps. Les annélicères attendaient ses arguments. Or contrairement à son affirmation, il n'en avait pas. Il se souvint que la mémoire singulière de Petit-Pierre. Ils avaient supposé que ces connaissances inexplicables dont faisait preuve Petit-Pierre, étaient stockées dans le molkex. La supposition semblait trouver confirmation sur Sépulcre. D'après cela, toute masse de molkex était en liaison avec les autres. Mais d'après cela aussi, la pulsion instinctive primitive avait tendu, sur une période de 1,2 million d'années, à retourner au Suprahet unitaire. Même l'évolution totalement différente du molkex de Sépulcre n'avait pu refouler cet instinct.

Désespéré, Tyll Leyden se demandait ce qu'il allait maintenant dire aux annélicères.

CHAPITRE V

Le regard du major Crouget en disait long.

L'alerte retentissait à bord du *Terrania*. Les moteurs à impulsions se mirent à vrombir et arrachèrent le navire à sa large orbite autour de l'étoile Leyden.

Personne à bord ne s'était attendu à l'apparition de navires de molkex. Or l'un de ces vaisseaux pénétrait actuellement dans le système. Heureusement, l'astronef des Bienveillants arrivait de la direction opposée.

Phil Crouget était aux commandes. L'idée de devoir abandonner deux hommes à leur destin sur Sépulcre ne lui plaisait guère.

— Appelez ces deux fous et dites-leur qu'un navire de molkex arrive. J'attends.

Cinq minutes plus tard, l'intercom annonça :

— Commandant, Leyden et Neev ne répondent pas. Ils n'ont pas branché leur récepteur radio.

— Il ne manquait plus que cela, dit Crouget. Ces scientifiques distraits ne connaissent même pas les règles les plus élémentaires ! Pouvez-vous me dire ce que nous devons faire maintenant et ce que nous ne devons pas faire ?

Dans le poste central tous furent d'avis qu'il ne fallait quitter le système à aucun prix.

— Bien, dit Crouget toujours aussi mécontent. Restons donc. Mais resterons-nous aussi si le navire de molkex nous attaque ou s'il en vient d'autres ?

— Le navire de molkex change de cap. Les nouvelles données sont déjà dans le cerveau impotonique.

A peine l'officier eut-il terminé sa phrase que l'ordinateur cracha une carte perforée.

— Le navire de molkex a mis le cap sur le *Terrania*.

Phil Crouget montra alors son habileté de pilote. Le *Terrania* parut tomber sur Sépulcre. Sur l'écran, la planète grossit à vue d'œil. Les détails apparurent.

— Contact, commandant ! Le navire de molkex vient vers nous ! Distance : 12,7 minutes-lumière.

Crouget ne fit aucun commentaire. Il observait les instruments sur son pupitre de commandes. La vitesse décroissait maintenant de seconde en seconde et l'altitude aussi. Le continent où se trouvaient les deux scientifiques apparut.

— Commandant, selon toute vraisemblance la nef de molkex va se jeter dans le soleil !

A cet instant, la clairière où Leyden et Neev avaient été déposés apparut, tache minuscule dans l'océan vers des forêts. L'astronef la survola. Les scientifiques ne virent sans doute pas le navire. Et ils n'entendirent le franchissement du mur du son que lorsque le *Terrania* eut repris la route de l'espace.

— Commandant, la nef de molkex est toujours sur une trajectoire de collision avec le soleil !

Crouget put alors quitter son siège et se diriger vers les détecteurs. Satisfait, il inclina la tête en constatant que le navire des Bienveillants se trouvait déjà dangereusement près de l'astre.

— Vous avez raison, dit-il à l'officier qui avait émis l'idée que quelque chose n'allait pas à bord du navire de molkex. Je me demande pourquoi les Bienveillants n'ont pas signalé par radio notre présence dans ce système à leur Q.G. Ou est-ce que nos opérateurs radio dormaient ? Posez la question !

Dans le central radio, les hommes jugèrent que la nef de molkex n'avait envoyé aucune impulsion sur hyperondes.

Encore quelques minutes et l'astronef des Bienveillants se serait tellement avancé dans la zone d'attraction du soleil qu'il ne pourrait plus s'en échapper.

Le central radio se manifesta :

— Commandant, Leyden a répondu « O.K. » et a aussitôt coupé la liaison !

— Il est au moins encore en vie. Les annélicères ne l'ont pas encore éliminé. Un miracle, avec le Leyden !

Pendant les dix minutes qui suivirent, Phil Crouget oublia les deux experts. Avec une tension croissante, il observa l'astronef de molkex qui fonçait à une vitesse démente vers le soleil.

Puis le navire plongea dans la zone périphérique d'une protubérance. Il en ressortit ensuite pour tomber à la verticale vers sa perte.

— Nous n'apprendrons jamais ce qui s'est passé sur ce navire, dit le major. Mais cette affaire me fait une sinistre impression.

Tyll Leyden était effrayé. Il ne savait toujours pas comment expliquer aux annélicères qu'ils n'étaient pas une race sans avenir même si en détruisant le molkex dans Hercule il leur avait ôté la possibilité de redevenir un jour un seul et unique Suprahet.

Les yeux écarquillés, il observait le transformateur de symboles. Il sortait de l'appareil des bruits comme il n'en avait encore jamais entendu. Epouvantés par cette pagaille de sifflements aigus, Neev et lui se plaquèrent les mains sur les oreilles. Comme cela ne les soulageait guère, ils fuirent le transformateur de symboles.

Ils reculèrent jusqu'à se trouver près du mur impénétrable formé par les annélicères. Même à cet endroit, le sifflement aigu leur parvenait encore. Mais ici le bruit était supportable.

— Neev, ressentez-vous encore les impulsions de profonde tristesse et de désespoir ?

— Le sifflement m'a temporairement perturbé, Leyden. Mais vous avez raison, les impulsions de désespoir ont disparu. Regardez nos gardes !

Sans se douter de rien, Tyll Leyden se tourna vers les annélicères. Aucune des créatures ne bougeait. Toutes avaient fermé les yeux.

— Comprenne qui voudra, dit Leyden en jetant un regard de détresse à son collègue.

Les yeux de celui-ci reflétaient la perplexité.[3]

Le sifflement incommodait de plus en plus les deux hommes et Leyden courut vers le transformateur de symboles pour l'éteindre.

— Aaah ! gémit Neev quand les sifflements insupportables s'arrêtèrent. (Il regarda les annélicères. Ils semblaient changés en pierre. Lentement, le biologiste rejoignit Leyden.)

— Ne devrions-nous pas appeler le *Terrania*, Leyden ?

— Pour quoi faire ? Nous n'avons pas encore réglé la situation avec les annélicères. Le *Terrania* doit rester où il est. Mais je donnerais tout au monde pour que vous m'expliquiez ce qu'ont soudain ces milliers de créatures ! Leur étrange comportement doit bien avoir un rapport avec le sifflement. Juste ciel, un soupçon ne vous vient-il pas aussi maintenant ?

— Des hyperimpulsions ? C'est ce que vous voulez dire ?

— Oui. Des hyperimpulsions ! Pourquoi ?

— Nous devrions essayer de les mesurer.

— Inutile. Nous n'avons encore jamais pu saisir les hyperimpulsions d'un annélicère, hyperimpulsions radio exceptées. Or, ces dernières ne font pas hurler le transformateur de symboles. Mais essayons, si vous voulez.

— Je ne comprends pas grand-chose à cela. Avez-vous vu Ooff ?

Le vieil annélicère paraissait tout aussi inerte que ses congénères.

— Il doit bien y avoir un sens et une finalité à tout ça ! Et cela se produit au milieu de la négociation ! Neev, n'avez-vous rien remarqué peu avant que le sifflement ne commence ? J'étais trop occupé avec mes soucis. Je n'ai rien vu, ni rien entendu.

Salor Neev était tout aussi perplexe.

— Je ne puis hélas pas vous donner de tuyau.

— Alors j'appelle le *Terrania*. Il faut qu'il vienne faire une démonstration au-dessus d'ici. Le plus de bruit possible. Peut-être que cela réveillera les annélicères.

Il se dirigea vers l'appareil radio qu'il avait posé sur le sol, sans le connecter.

— Allô, *Terrania* ? Venez immédiatement et effectuez un vol de démonstration au-dessus de nous. Terminé !

Puis il éteignit totalement l'appareil pour ne pas être dérangé par des appels.

La situation n'avait pas changé. Plus le temps passait et plus Salor Neev manifestait son inquiétude.

Tyll Leyden restait calme. Il prit place sur un appareil et attendit.

— Le *Terrania* pourrait quand même venir ! dit-il, mécontent.

Neev s'emporta :

— Je ne sais ce que vous en attendez ! Croyez-vous qu'un peu de vent et quelques arbres déracinés peuvent faire impression sur ces bêtes ? Ce n'est pas avec ça que vous leur en imposerez, ni que vous les réveillerez !

— Qui dit qu'ils dorment ?

— Votre maudit calme m'énerve !

On ne pouvait plus parler à Salor Neev.

Sans cesse, Tyll Leyden levait les yeux vers le ciel sans nuages. Il ne pouvait s'expliquer où était le *Terrania*. Il était pourtant convenu qu'il devait se placer en orbite autour de la planète. Il aurait dû passer au-dessus de la clairière depuis longtemps.

Salor Neev tournait sans cesse autour des appareils en soliloquant.

— Enfin ! Le voilà ! cria Leyden. (Il voyait le *Terrania* comme un petit point noir, bien dessiné, sur le ciel limpide.) Neev, le *Terrania* arrive !

— Oui, et alors ? Qu'en tirerons-nous ? Rien ! Nous sommes tous deux ici jusqu'au jour du jugement dernier !

Leyden ne répondit pas. Il se contenta de montrer le ciel. Il estima l'altitude à laquelle l'astronef allait les survoler, à 20 kilomètres et sa vitesse à Mach 10.

— Neev, il serait judicieux que nous nous allongions sur le sol. Quand la traîne supersonique arrivera, il nous faudra offrir le moins de prise possible. D'ailleurs, Neev, regardez nos annélicères ! Ils sortent de leur torpeur ! Notre tentative a donc réussi !

Il s'agenouilla de nouveau devant l'appareil radio, brancha l'émetteur et appela le *Terrania* qui avait depuis longtemps disparu de leur vue.

— O.K., *Terrania* ! Terminé !

Le bang du franchissement du mur du son fit sursauter les deux hommes. Les annélicères sortis de leur torpeur n'y prirent pas garde. Aussitôt après le bang, le premier mugissement des masses d'air déchaînées arriva. Leyden et Neev, couchés par terre, tentaient de s'accrocher aux touffes d'herbe.

La violence de la tempête augmentait de seconde en seconde. Les premiers arbres cassés passèrent par-dessus la clairière. Leyden vit que leurs appareils oscillaient d'un côté et d'autre. Mais, rapidement, la tempête cessa.

Leyden se retrouva devant le transformateur de symboles, prêt à le connecter.

— Neev, attendez-vous à tout !

Neev se pressa les mains sur les oreilles. Leyden alluma l'appareil.

— Peux-tu m'entendre de nouveau, Leyden ? dirent les impulsions d'Ooff.

Neev baissa les mains. La stupéfaction se lisait sur son visage. Même si les annélicères étaient redevenus actifs, il ne s'était pas attendu à ce qu'ils soient disposés à reprendre la conversation. Mais la meilleure preuve était fournie par les sons qui sortaient de l'appareil de traduction.

Leyden n'eut pas le temps de se poser des questions. La conversation avec le vieil annélicère Ooff l'absorba totalement. Ooff le poussa à fournir son explication.

Soudain Leyden sourit. Forcé par Ooff à prendre position, il avait trouvé une solution.

— Il y a une relation entre ta race et le molkex dans Hercule, Ooff. Mais vous lui attribuez trop d'importance. Au cours d'une période de plus d'un million d'années, votre race s'est développée à partir du molkex. Le molkex accumulé ici lors de l'explosion n'a pas été détaché par hasard de la masse qui est tombée sur Hercule, il s'est séparé d'elle avec ce qu'il lui restait d'énergie cinétique parce qu'il sentait qu'il serait modifié pendant le processus de surcharge. Et l'existence même de votre race prouve qu'il a effectivement subi une transformation beaucoup plus profonde que les masses tombées sur Hercule. Nous ne vous connaissons pas assez pour parler d'une mutation. Appelons donc ce phénomène transformation. Et maintenant voici la preuve, Ooff ! Cette planète-ci s'est-elle fait remarquer d'une manière quelconque au cours des dernières semaines tandis que vous étiez torturés par des voix, tandis que vous sentiez que des forces gigantesques tentaient de s'emparer de vous ? J'attends ta réponse, Ooff. Elle apportera la preuve. Je t'en prie, je t'écoute !

Tyll Leyden était conscient de jouer le tout pour le tout. Mais il ne voyait pas d'autre moyen de sortir de ce dilemme. Avec ses faibles connaissances et une grande part d'audace, il avait développé une théorie qui ne serait pas facile à réfuter, si Ooff répondait affirmativement à sa question.

Et Ooff répondit par l'affirmative !

Leyden ne laissa pas voir son triomphe. Près de lui, Neev le regardait comme un fantôme. Le biologiste avait percé à jour le jeu dangereux de Leyden. Il était couvert de sueur.

Tyll Leyden sourit. Il sentait qu'il n'était plus sur un terrain mouvant.

— Ooff, comment puis-je avoir brisé votre avenir en détruisant les masses de molkex à l'intérieur d'Hercule ? L'avenir est en vous et c'est pour garantir cet avenir que mon collègue et moi sommes venus. Nous voulons vous proposer une alliance avec notre race qui vous octroie tous les droits naturels et nous n'exigeons rien de vous — à l'exception d'un point déterminé. Nous ne voulons pas la moindre tonne de molkex !

— Une alliance ? demanda Ooff méfiant. Nous avons une alliance avec les Bienveillants. Et c'est aux Bienveillants que nous devons que notre race ne compte pas plus de dix mille individus !

— Par l'alliance que je vous offre au nom de mon gouvernement, vous serez bientôt deux fois plus forts numériquement !

Pour la première fois, le vieil Ooff réagit. Il leva un peu brusquement sa grosse tête ronde et examina Leyden avec une curiosité impatiente.

— Comment me faut-il comprendre cela, Leyden ?

— J'ai une question à te poser, Ooff. Est-ce que vous ne seriez pas plus nombreux sur ce monde si les Bienveillants n'exigeaient pas de vous tant de molkex ?

Le biologiste s'agita :

— Vous avez bel et bien le diable au corps pour soulever cette question, chuchota-t-il à l'oreille de Leyden. C'est un sujet brûlant. Nous n'en sommes même pas sûrs à cent pour cent !

Le transformateur de symboles traduisit les impulsions d'Ooff.

— Il y a place sur ce monde pour des millions d'êtres de mon espèce.

Leyden objecta en grande hâte :

— Si je t'ai bien compris, les Bienveillants vous empêchent donc de vous multiplier tout à fait librement ?

— Oui, mais d'un autre côté, ils sont les sauveurs de notre race. Sans les Bienveillants, notre espèce serait vraisemblablement déjà éteinte.

— Alors les Bienveillants sont vos amis ?

— Non, et ils ne le seront jamais. Depuis le début ils ont exigé trop de molkex.

Dans quelle intention Ooff raconta-t-il alors l'histoire des relations entre annélicères et Bienveillants ?

Les Bienveillants avaient découvert Sépulcre quatre mille ans plus tôt, trouvant une planète dont la végétation recommençait à se développer. Les quatre annélicères qui y vivaient et que les Bienveillants ne purent détruire avec leurs armes, rendaient l'extraction du molkex difficile. Les Bienveillants avaient aussitôt compris les extraordinaires propriétés de cette matière. Ils n'avaient vraisemblablement pas cru au succès de leur tentative pour entrer en liaison avec les annélicères. Ils ne se doutaient pas qu'ils avaient des créatures intelligentes devant eux car les vers géants s'étaient comportés comme des bêtes sauvages.

Un seul annélicère laissa entrevoir, intentionnellement, une faible intelligence. Les Bienveillants négocièrent avec lui sur une base primitive. Il n'y eut pas de chiffres dans leur proposition parce qu'ils ne croyaient pas l'annélicère capable d'y comprendre quelque chose. Mais celui-ci comprenait bien plus de choses qu'ils ne le pensaient. Involontairement, les Bienveillants révélèrent à quel point ils étaient informés du mode de vie des annélicères ainsi que des acridocères et du molkex que ces derniers sécrétaient.

Les Bienveillants proposèrent aux vers géants de conduire chaque individu immature sur une planète et de l'y laisser pour que l'annélicère unisexué puisse, sans être dérangé, pondre ses œufs qui, produits de l'hyper-radiation captée, s'étaient développés pendant son évolution de quatre à cinq cents ans.

Ils offrirent en outre d'aller chercher, sur les différentes planètes, les jeunes annélicères sortis des cocons de la masse de molkex et de les ramener sur Sépulcre où ils pourraient tranquillement poursuivre leur croissance. En échange de ce service ils exigèrent la moitié du molkex produit par les acridocères sortis des œufs d'annélicères. Et ainsi la multiplication des annélicères se trouva fortement ralentie.

Et pourtant les rares annélicères sur Sépulcre acceptèrent la proposition. Ils avaient depuis longtemps compris avec effroi que leurs rejetons, les acridocères, avaient dévoré quatre-vingt-dix pour cent de la masse de la planète au cours des millénaires et que la fin de leur monde était pour bientôt.

Plusieurs tentatives que firent les annélicères, plus tard, pour inciter les Bienveillants à exiger moins de cinquante pour cent de la production de molkex, échouèrent en raison de la rapacité de cette race et parce que les annélicères dépendaient d'eux. Avec le temps, cette livraison forcée provoqua un sentiment d'oppression chez les annélicères. Ce sentiment se communiqua aussi aux œufs pondus sur les mondes lointains. A leur tour, les acridocères voraces conservèrent ce sentiment même après leur reproduction par scissiparité. Tandis que l'annélicère mourait après avoir pondu ses œufs, les petits acridocères transmettaient au molkex qu'ils produisaient, la conscience latente d'être les esclaves d'une race étrangère.

Leyden prit ensuite la parole. Il précisa la proposition de l'Empire. Il indiqua aussi l'unique condition : la neutralité des annélicères en cas de conflit entre l'Empire et les Bienveillants.

— Je crois que ma demande de ne pas libérer l'ego de Petit-Pierre n'est pas une condition, Ooff.

Pendant un moment, Ooff n'émit pas d'impulsions. Le vieil annélicère se mettait en liaison avec tous ses congénères. Leyden ne s'inquiétait plus. Il regarda alors son collègue et fut stupéfait. L'envie tordait le visage du biologiste. Et quand Neev se mit à parler, sa voix était haineuse :

— Ne soyez pas trop fier d'avoir conclu cette alliance si elle se fait, Leyden. Vous vous êtes basé sur des arguments qui auraient pu nous coûter la vie, à tous les deux. Vous avez eu une chance folle mais en même temps vous avez prouvé que vous étiez irresponsable. Vous n'êtes absolument pas fait pour des missions d'une telle importance. Je le signalerai à *Terrania* aux autorités compétentes ! Vous pouvez y compter !

Leyden ne perdit pas son calme et répondit tranquillement :

— Si vous le croyez, nul ne peut vous contester le droit d'agir ainsi.

Le transformateur de symboles avait-il traduit en impulsions l'accès de haine de Neev et ses paroles avaient-elles été reçues par tous les annélicères de la planète ?

Le vieil Ooff examina le biologiste d'un regard pénétrant.

— Leyden, dit-il alors, tu es intelligent ; l'autre à côté de toi l'est aussi mais il est méchant. Nous le savions déjà. Petit-Pierre, qui est ton ami, a jugé Neev de la même manière. Tu reverras bientôt Petit-Pierre.

Nous n'avons pas libéré son ego. Pourquoi ferions-nous quelque chose d'absurde ? Mais il n'est pas absurde de conclure une alliance avec vous et de rompre nos relations avec les Bienveillants. Nous donnerez-vous suffisamment de mondes sur lesquels nous pourrions nous reproduire ?

Leyden posa quelques questions. Salor Neev s'était retiré et il était assis si loin qu'il ne pouvait plus suivre la conversation. Leyden eut un sourire satisfait. Il pensait à la caisse en plastique dans sa cabine. Bientôt son contenu serait mis en valeur. Les intelligents annélicères, conduits dans leur jeune âge depuis de lointaines planètes sur Sépulcre, ne connaissaient ni les gigantesques dimensions de la Galaxie, ni sa forme, ni sa position. Ils ignoraient tout des races étrangères et d'un royaume stellaire qui s'appelait l'Empire.

Pour la troisième fois, Leyden brancha l'appareil radio. Il appela le *Terrania*. La voix de l'Epsalien gronda dans le haut-parleur et le major ne lésina pas sur les injures. Mais Leyden ne perdit pas son sang-froid. En toute tranquillité, il déclara :

— Vous ne deviendrez jamais commandant d'un Explorateur, major. D'ailleurs... je ne vous croyais pas des nerfs aussi fragiles. Descendez, je vous prie et atterrissez à l'endroit où vous nous avez débarqués. Terminé !

— Par le diable...

Maintenant les deux scientifiques n'avaient plus qu'à attendre. Ooff posa encore quelques questions. Il s'assura que Tyll Leyden était habilité à agir au nom de l'Empire. Soudain le mur d'annélicères s'ouvrit. Leyden qui avait cru que les annélicères se ressemblaient tous, reconnut Petit-Pierre du premier coup d'œil. Le jeune annélicère se faufila timidement à travers la brèche étroite mais il n'osa pas passer devant Ooff.

— Petit-Pierre, comme je suis heureux de te revoir ! s'écria Leyden avec enthousiasme. Ne veux-tu pas approcher afin que nous puissions bavarder comme avant ? J'ai quelques questions à poser.

Mais le jeune annélicère était devenu une humble créature. La manière dont il avait été traité par ses congénères l'avait durablement impressionné. Il émit des impulsions modestes :

— Ici je n'ai pas le droit de parler, Tyll. Si tu as encore des questions, adresse-toi à Ooff. Il parle pour nous tous.

Leyden ne s'était pas attendu à ce revirement. Il était quelque peu déçu que Petit-Pierre se fût laissé convertir si vite.

Soudain Neev fut près de lui et dit, comme s'il ne s'était rien passé entre eux :

— Les facteurs héréditaires et les émissions qui émanent d'eux sont beaucoup plus développés chez cette race que chez toutes celles que nous connaissons jusqu'à ce jour. Leyden, ne reprochez pas à Petit-Pierre d'avoir changé d'attitude. Ici, sur Sépulcre, il est partie d'un tout, une partie de ce molkex qui est devenu vie.

Un grondement descendit vers eux. Le *Terrania* planait dans le ciel comme un ballon.

— Ooff, dit vivement Leyden, ordonne l'évacuation de la clairière, s'il te plaît, pour que notre navire puisse se poser.

Le mur d'annélicères s'anima. Les vers géants se retirèrent. Une seule créature resta : Ooff. Petit-Pierre, par contre, avait disparu dans la foule.

Le *Terrania* se posa. La rampe descendit entre les étançons. Le sas s'ouvrit et le major Crouget sortit, accompagné de trente machines de combat. Les robots s'arrêtèrent au bas de la rampe. Crouget s'avança seul. Il lançait sans cesse des regards à la ronde. Tyll Leyden pouvait comprendre ce que ressentait l'Epsalien à la vue de cette foule d'annélicères.

— Ah, vous ! dit-il en guise de salut.

Leyden rit. Plus rien ne pouvait l'ébranler.

— Major, faites débarquer la caisse de ma cabine, s'il vous plaît !

— C'est en cours, espèce de casse-pieds ! Dites-moi, pourquoi votre appareil radio était-il éteint ? Si vous faisiez partie de la flotte, cette plaisanterie vous vaudrait un passage en conseil de guerre ! Vous ignorez sans doute qu'un navire de molkex est entré dans ce système, n'est-ce pas ? (Il examina Ooff avec méfiance.) Ce n'est pas là Petit-Pierre, Leyden ?

— Non, c'est Ooff. Je n'ai pas encore découvert s'il n'était que le porte-parole de tous les annélicères ou s'il était le chef sur Sépulcre. Nous avons conclu notre pacte. Naturellement il n'y a pas de document écrit. Ah, voici ma caisse !

Elle était énorme. Leyden la fit ouvrir. Crouget vit une partie de son contenu. Les yeux lui sortirent de la tête.

— Vous vous étiez déjà attendu à cela à *Terrania*, Leyden ? demanda-t-il déconcerté.

— Attendu, non, mais j'ai pris les précautions nécessaires. Cette race ne connaît que les Bienveillants ; leurs connaissances sur la Galaxie sont effroyablement limitées. Si nous leur montrons maintenant des films reproduisant l'histoire de la Galaxie et décrivant la naissance de l'Empire, ils sauront à qui ils ont affaire. Ooff, as-tu compris tout ce que j'ai dit au major Crouget ?

— Tout, Leyden. Mes congénères pourront-ils aussi voir ce que tu veux nous montrer ? Ou moi seulement ? Ce serait un peu fatigant pour moi.

— Tous, Ooff. Et personne n'a besoin d'approcher, à moins qu'il ne soit dans la forêt.

— Ceux dans la forêt verront par les yeux des autres.

Crouget resta interdit.

— Que feront ceux qui sont dans la forêt ? Voir par les yeux des autres ? Comprenez-vous cela, Leyden ?

— Comprendre, oui, mais je ne puis vous l'expliquer. Sans doute utilisent-ils des hyperimpulsions à l'aide desquelles ils transmettent aux autres ce qu'eux-mêmes voient. Ah, voici le premier film.

Pour la première fois depuis qu'elle existait, cette espèce recevait une image nette de l'espace vital qui offrait une place infinie pour toutes les races.

Le transformateur de symboles bruissait mais aucun mot n'en sortait. Tous les annélicères avaient bloqué l'émission de leurs impulsions. Immobile, aussi inerte que précédemment, la foule des annélicères se tenait à l'orée de la forêt. Les hommes n'avaient rien à faire et ils s'éloignèrent un peu. Les robots se chargeaient du travail. Leyden demanda des informations sur le comportement du navire de molkex qui avait croisé dans le système.

— Nous nous interrogeons toujours à son sujet, répondit le major. Il y avait quelque chose qui ne tournait pas rond dans ce navire. Ou l'équipage était absent, ou il est devenu fou. En tout cas le navire s'est brusquement précipité dans le soleil. La surveillance radio affirme que l'astronef n'a envoyé aucune impulsion radio. Peu après votre message radio avec le « O.K. », le navire des Bienveillants périt.

La main de Leyden s'agrippa sur le bras de Crouget.

— Qu'avez-vous ? Leyden, en sauriez-vous plus que nous sur cette affaire ?

— Nous allons le savoir immédiatement, major. Venez !

— Ooff ! cria-t-il par le transformateur de symboles. Je viens d'apprendre qu'un navire des Bienveillants se trouvait dans ce système quand vous étiez tous là immobiles et les yeux fermés. Qu'avez-vous fait pendant toutes ces minutes ?

— Nous nous sommes protégés, Leyden !

Ooff n'était pas disposé à en dire plus. Quand Tyll Leyden comprit que le vieil annélicère ne voulait pas s'expliquer davantage, il abandonna. Il tira Crouget par le bras et ils s'éloignèrent de l'appareil.

— Savez-vous maintenant ce qui s'est passé, major ?

— Non. Ooff n'a pratiquement rien dit.

Les deux hommes s'arrêtèrent à côté de Neev. Leyden s'adressa au biologiste :

— Neev, vous aviez raison en doutant que ma tentative de démonstration avec le *Terrania* puisse réussir. Cela n'a pas tiré les annélicères de leur transe. Ils avaient autre chose à faire qu'à s'occuper de notre astronef. Eh bien, major, devinez-vous ce que faisaient ces créatures ?

— Je ne lis pas dans les pensées d'autrui, Leyden ! Vous n'allez pas recommencer à m'énerver ! Qu'ont-ils fait ?

— Pensez au comportement étrange du navire de molkex, major !

L'Epsalien le regarda, ahuri.

— Leyden, vous ne croyez tout de même pas... ?

— Si !

Neev ressemblait à un homme qui retrouve la vue après une longue cécité.

— Si, je crois que les annélicères au cours d'une transe qui les a transformés en une unité d'hyperénergies concentrées, ont fait se précipiter la nef de molkex dans le soleil. Ainsi ont-ils évité que les Bienveillants ne s'aperçoivent de leur intelligence.

— Ils en seraient capables ? demanda Crouget, sceptique.

Le biologiste, lui, était convaincu que cela s'était passé ainsi. Leyden déclara alors qu'il était inutile de discuter avec Ooff de cette méthode de défense radicale. Il n'essaya plus d'obtenir d'explication.

Après la projection, on renégocia longtemps avec Ooff. Puis le vieil annélicère confirma encore une fois les accords verbaux.

— Nous vous prendrons bientôt au mot. Trois de ma

race seront prochainement prêts à pondre. Vous les débarquerez sur des mondes inhabités.

— Nous respecterons nos engagements, Ooff. Nous irons même plus loin et nous les ramènerons sur Sépulcre quand ils auront pondu leurs œufs. Pourquoi ne libéreraient-ils pas leur ego sur ce monde où ils ont si longtemps vécu ?

Ils durent attendre la réponse d'Ooff plus longtemps que de coutume.

— Leyden, nous avons été injustes envers toi. Tu ne nous as pas fermé la porte de notre avenir, au contraire, tu l'as ouverte plus grand que nous ne pouvions jamais l'espérer. L'un de nous est ton ami. Nous aimerions tous l'être, si tu veux de notre amitié !

Quand le *Terrania* quitta Sépulcre, Crouget s'avança vers Leyden. Il lui tendit la main et dit :

— Ne m'en veuillez pas : l'imbécile que je suis vous prie de l'excuser !

Tyll Leyden rit et serra fermement la main qui lui était tendue.

DEUXIÈME PARTIE

LES CHEVALIERS DE LUMIERE
1
JIMMY GUIEU
INEDIT
MISE EN VENTE
9 Avril 1987
La Force Noire
FLEUVE NOIR
FICTION

LES INÉDITS DE JIMMY GUIEU
SONT PUBLIÉS AU

Gilles Novak et ses amis ont photographié et filmé d'étranges vaisseaux lumineux sur le plateau d'Albion abritant ses missiles à ogive nucléaire.
Ce qui ne plaît guère aux autorités!
Ils devront aller se "réfugier" à Montréal, traqués par la "Force Noire".
Charles Floutard et Voarino, eux, se dématérialiseront sous les yeux de deux agents de la B.S.T.! Au Canada, ce sera au tour de Gilles de "s'évaporer" devant les caméras de T.V.!
Qui détient cet étrange pouvoir? D'où vient cette technologie? Qui sont ces Chevaliers de Lumière qui vont s'attaquer aux Forces du Mal?
Pour Gilles et son équipe commence alors la plus extraordinaire des aventures... Où tout ne sera pas que fiction!...

MISE EN VENTE : 9 Avril 1987.

CHAPITRE PREMIER

Loren Hynes aurait bien aimé savoir qui pouvait avoir eu cette idée folle de construire un tel labyrinthe et dans quel but.

Il avait encore un kilomètre à parcourir avant de pouvoir regagner le poste central. La lumière vive de sa lampe éclairait devant lui. De temps à autre, Loren, d'un geste mécanique, appuyait sur le déclencheur de la microcaméra qu'il portait dans son casque. Ce casque était destiné à le protéger des chutes de pierres. On ignorait quelles avaient été les conséquences de l'explosion dans les couloirs, ici en bas. Le plafond pouvait fort bien avoir été ébranlé. On utilisait les microfilms pour dresser une espèce de carte. Jusqu'alors on ne connaissait même pas la moitié des installations souterraines du temple.

Loren ne croyait pas vraiment que ce labyrinthe d'au moins vingt étages et pourvu d'un nombre incroyable de halls, couloirs, puits, galeries et rampes, ait quelque chose à voir avec le temple. C'était là-haut, dans le temple, qu'avaient résidé les prêtres, jusqu'au moment où le puissant choc gravitationnel déclenché par une machine du labyrinthe, avait détruit l'énorme bâtiment. Les prêtres, leur culte, l'aménagement du temple, tout cela correspondait au niveau de civilisation des Saloniens dont la capitale Malkino se trouvait devant le

97

temple. Malkino aurait pu se trouver dans l'empire romain de Claude et disputer la primauté à Rome elle-même par le nombre incroyable de ses arènes et la succession ininterrompue de ses jeux du cirque. Mais ici, c'était le domaine d'une autre civilisation. Les machines étaient sans nul doute le résultat d'une technologie très évoluée. Finalement c'était l'une d'elles qui avait émis un choc gravitationnel d'une violence telle qu'il avait été perçu par des appareils sensibles dans les régions les plus lointaines de la Galaxie.

Loren était sûr que ce labyrinthe avait quelque chose de particulier. Sinon la Terre n'aurait pas envoyé sur Eysal, à près de 40 000 années-lumière, un groupe de cinquante scientifiques.

Il tourna à l'angle d'un couloir et s'arrêta pensivement en apercevant, dans la lueur de sa lampe, un échangeur. C'était une espèce de hall circulaire d'où partaient une douzaine de couloirs, dans toutes les directions possibles. Loren actionna le déclencheur de la caméra en tournant la tête pour tout enregistrer sur le film. Puis il se décida pour le couloir presque à l'opposé du sien. Il posa un jalon à l'endroit où il sortit dans le hall de façon à retrouver son chemin sans difficulté.

Puis il traversa la pièce circulaire et s'arrêta pour éclairer le couloir inconnu. Ce fut sa dernière action consciente.

Après le vide et la solitude des couloirs, ce spectacle incroyable le frappa avec la violence d'un choc psychique. Il cria d'épouvante quand le faisceau de lumière tomba sur la chose qui se dressait à quelques mètres seulement de lui. Il leva les bras comme pour se protéger la tête. Pris de panique, il voulut faire demi-tour et se sauver. Mais il n'y avait plus une seule cellule dans son cerveau capable de transmettre un ordre aux muscles. Loren Hynes tremblait, tressaillait... et criait mais il ne bougea pas.

L'étranger ne le laissa pas reprendre ses esprits.

Loren Hynes vit le monde autour de lui exploser dans un flot de clarté blanche... puis il n'y eut plus rien.

Gil Krueger, assis devant le récepteur, était pratiquement certain que Loren ne se manifesterait pas au cours du quart d'heure suivant quand le cri horrible retentit.

— Loren ! Loren... qu'y a-t-il ? Ici Gil Krueger, réponds, Loren !

Mais le cri ne s'arrêta pas. Pendant des secondes atroces, Loren Hynes cria sans interruption. Gil hurla des paroles rassurantes, posa des questions... mais Loren ne l'entendait pas.

Puis le cri s'arrêta brusquement. Un crépitement sec sortit du récepteur. La membrane vibra sous l'effet d'un claquement étouffé puis le calme revint.

Mais pas pour Gil. Il savait reconnaître le bruit d'un tir thermique quand il en entendait un. Loren Hynes portait un radiant de ce genre mais il était évident que ce n'était pas lui qui avait tiré.

Gil déclencha l'alerte. John Pohl fut le premier à atteindre la salle radio.

— Plus de liaison, annonça Gil.

Derrière John Pohl arriva Christophe Warren.

— Où se trouvait Hynes, en dernier ? s'enquit-il.

— Le dernier message compréhensible venait de l'un des échangeurs du quatorzième étage. D'après Loren, celui-ci se trouve à peu près sur la même ligne que les échangeurs des étages supérieurs. De là il devait se diriger vers le sud-est.

— Alors nous le trouverons ! dit Warren, décidé. Gil, prenez votre groupe et descendez. John et moi prendrons la relève ici pendant ce temps. Vite.

— Un instant, l'interrompit John pensivement. Vous avez entendu un tir radiant, Gil, n'est-ce pas ?

— Et comment !

— Jusqu'à présent nos rondes ne nous ont pas conduits plus bas que le treizième niveau. Hynes fut le premier à descendre au quatorzième. Qui sait ce qu'il peut y avoir là-bas ?

Warren et Gil le regardèrent avec étonnement.

— Vous croyez...

— Qu'y a-t-il là de si incroyable ? Nous ne sommes pas les seuls à nous être établis dans ce labyrinthe, c'est tout.

Alertés, les hommes se réunirent et John Pohl leur expliqua la situation.

— Hynes se trouvait vraisemblablement dans l'un des couloirs quand il a rencontré l'étranger. Gil, sortez la bande du récepteur et repassez-la. Que deux ou trois hommes l'écoutent attentivement. Peut-être trouverons-nous un indice qui nous a échappé jusqu'à présent. Quand ce sera fait, vous organiserez une équipe de vingt hommes minimum et vous leur distribuerez des armes lourdes. Ensuite vous descendrez au quatorzième étage et chercherez ce qu'il est advenu de Hynes. Christophe, faites-moi un plaisir et appelez le capitaine Heyder de l'équipe de garde. Qu'il descende avec quelques-uns de ses hommes. Nous aurons vraisemblablement besoin de leur aide ici.

Warren inclina la tête et se dirigea vers l'intercom. Pohl s'adressa aux scientifiques que l'alerte avait arrachés à leurs travaux.

— Inutile de réveiller les hommes qui ne sont pas de quart, déclara-t-il. Vos travaux sont dès à présent suspendus. La plupart d'entre vous descendrez avec Gil Krueger au quatorzième étage. Les autres resteront ici où les dernières informations leur seront transmises. Je vous demande de conserver votre calme. Rien n'indique qu'il s'agit d'un danger sérieux, même si l'on a l'impression qu'une force étrangère est à l'œuvre, là en bas.

De l'intercom lui parvint un cri surpris et il se retourna. Christophe Warren se trouvait devant le pupitre de distribution, le micro à la main ; il était pâle comme un mort.

— C'est... c'est..., bégaya-t-il déconcerté.

— Quoi ? demanda John Pohl d'un ton tranchant.

— Heyder ne répond plus, annonça Warren accablé.

Deux, trois pas rapides et John Pohl fut devant l'intercom.

L'écran blanc entièrement éclairé indiquait qu'il n'y avait pas de récepteur à l'autre extrémité.

— Cela change tout, déclara-t-il d'une voix inchangée. Gil, sonnez l'alerte dans les salles de repos. Olsson, allez chercher dix automatiques à l'arsenal et apportez-les au puits quatre.

Un jeune homme grand et blond sortit du groupe et disparut par la porte ouverte. John Pohl forma sa propre équipe. Quand il eut choisi neuf hommes, il hésita un peu. Karen Isot profita de l'occasion pour s'avancer.

— Je vous en prie, commandant, emmenez-moi, demanda-t-elle.

Surpris, John l'examina. Depuis le début, Karen lui avait causé des soucis. A son avis, elle était trop jolie pour le travail qu'elle faisait. Elle était brune, un peu plus grande que lui et avait vingt-cinq ans. Des hommes au comportement tout à fait normal jusqu'alors, s'étaient mis à parler avec grandiloquence et à grand renfort de gestes, dès que Karen apparaissait. Au début il y avait eu une grande pagaille et des jalousies secrètes et mesquines. Mais le danger d'une révolution paraissait écarté depuis que Karen Isot et Gil Krueger avaient fait comprendre à la communauté qu'ils se considéraient comme s'appartenant l'un à l'autre. Car on ne se risquait pas à se quereller avec Gil.

— Que voulez-vous faire là-dehors ? demanda John moqueur.

— Inutile de vous montrer sarcastique. La même chose que vous : aller voir et apporter mon aide.

— Avez-vous déjà eu un automatique entre les mains et avez-vous déjà tiré ?

— Oui, naturellement, pendant l'entraînement.

— Bon, d'accord, alors venez !

Duram Olsson annonça par intercom qu'il avait les armes. Pohl conduisit ses hommes vers le puits antigrav tandis que Christophe Warren prenait le commandement dans le poste central.

Le puits quatre se trouvait à la limite méridionale du poste central. Les couloirs continuaient encore plus loin et halls, rampes, salles et galeries s'étendaient encore quelque deux kilomètres plus au sud. Mais tous ces lieux avaient déjà été explorés. Depuis le troisième niveau ou l'un des étages supérieurs — ou inférieurs selon le point de vue — jusqu'au treizième niveau en bas, aucun danger ne menaçait le poste central. La menace venait de plus profond... et de la surface comme l'indiquait la panne du récepteur du capitaine Heyder.

Devant l'entrée du puits on procéda à la distribution des armes amenées par Olsson.

— Je n'ai pas de plan précis, déclara John Pohl. Là-haut la nuit doit être tombée. Nous allons rester ensemble et utiliser nos torches en avançant vers le poste de garde. Je veux être aussitôt informé de toutes les observations insolites que vous feriez, est-ce clair ?

Tous acquiescèrent. John Pohl s'élança le premier dans le puits après avoir vérifié, en appuyant sur un bouton, la direction du champ de pesanteur artificiel. L'attraction du champ le fit monter rapidement et il sortit au milieu des ruines du temple. Ses hommes le suivirent de près. Il faisait effectivement nuit. Les vieux murs se dressaient, noirs et silencieux. En haut on apercevait une bande étroite de ciel gris avec les points lumineux de quelques étoiles.

John marcha à grands pas vigoureux. Le poste de Heyder se trouvait devant les murs du temple, tourné vers Malkino. Là-bas, les hommes avaient dressé quelques baraques transportables. L'une d'elles abritait un hyperémetteur. John prit soudain conscience qu'il s'agissait là du seul hyperémetteur existant sur Eysal. S'il tombait en panne, il n'y avait alors plus de liaison possible avec la Terre ou avec un quelconque astronef terrien croisant dans les profondeurs de l'Univers.

« C'est étrange, pensa John, ils nous ont équipés plus misérablement qu'une expédition sur une planète sauvage et inhabitée. Ils ont compté sur le fait que les Eysaliens nous fourniraient tout ce dont nous aurions besoin et que nous appellerions à l'aide avec l'hyperémetteur, si nous avions réellement besoin d'aide. Et ils ont compté sur le fait qu'il n'y avait personne d'autre que nous et les Eysaliens sur ce monde. La possibilité d'une attaque extérieure a été totalement négligée. Après tout, le navire de ravitaillement viendra dans trois mois. Alors pourquoi se casser la tête ? Nous avons bien le temps jusqu'à ce que ce navire arrive et constate que le projet « Eysal Un » n'existe plus. »

John Pohl s'arrêta car la limite nord du temple ne pouvait plus être à plus de deux cents mètres. Il envoya Olsson et un autre homme en avant-garde en leur ordonnant de garder leurs lampes éteintes. Il se mit le microrécepteur dans l'oreille et put ainsi entendre ce que se disaient les deux hommes en avançant à tâtons dans l'obscurité. A l'endroit où la ruelle se heurtait au mur nord du temple, le mur était effondré par suite de l'explosion. Olsson déclara :

— Je vais sortir de quelques mètres, commandant.

Il revint cinq minutes plus tard et annonça qu'il n'avait rien pu voir de suspect.

— Avez-vous vu le poste ? s'enquit Pohl.

— Non, commandant. Je ne me suis pas assez

avancé. On n'y voit goutte. Mais le terrain là-bas est plat. Je ne crois pas que quelqu'un se cache là-dehors.

— Restez où vous êtes ! Nous vous rejoignons. On peut maintenant utiliser les lampes.

Peu après ils se trouvèrent devant les décombres du mur effondré où Olsson et Marière les attendaient. Ils ne se parlaient plus qu'en chuchotant. De la nuit, du vent, des ruines silencieuses, il émanait un malaise, comme une menace.

— Vous connaissez le chemin, Olsson. En avant !

Olsson escalada le mur effondré. Pendant un moment on vit sa silhouette se détacher sur le ciel blafard puis il descendit de l'autre côté. Les autres suivirent.

Dehors, John Pohl prit la tête. Il tenait son lourd radiant automatique dans le creux du bras, prêt à tirer. Il avançait lentement pour laisser à ses yeux le temps de s'accoutumer à l'obscurité. Karen Isot fut soudain à côté de lui.

— Pourquoi hésitez-vous tant, commandant ? demanda-t-elle à voix basse. Vous avez des craintes ?

Elle aurait très bien pu dire « peur » car c'était ce qu'elle pensait à en juger au son de sa voix.

— Quelques-unes, répondit John. Et d'ailleurs... pouvez-vous donc voir parfaitement ?

— Que vous attendez-vous à voir ? Le croque-mitaine ?

— Pourquoi ne charmez-vous pas quelqu'un d'autre avec vos réflexions spirituelles ?

Sans un mot, Karen resta en arrière. John accéléra l'allure dans la mesure où sa vision s'améliorait. Il savait qu'il y avait environ cinq cents mètres du mur nord du temple au poste de garde. Au bout de quatre cents mètres, comme il ne voyait toujours rien en dehors d'un terrain plat, en légère déclivité, et des vagues lumières de la ville assez loin à l'arrière-plan, il s'arrêta court.

Il ordonna au groupe d'en faire autant.

— Il me faut un volontaire pour continuer avec moi. Le poste n'est plus comme nous l'avons vu la dernière fois. D'ailleurs... Karen, n'avez-vous pas envie de venir ?

Karen s'avança sans hésiter.

— Prête, commandant.

— Olsson, vous restez ici avec les hommes. Mettez-vous le pruneau dans l'oreille pour pouvoir m'entendre. Je serai de retour dans une demi-heure au plus tard. Si je ne vous donne pas de nouvelles d'ici là, vous suivrez avec votre groupe. Compris ?

— Compris, commandant, dit Olsson en regardant sa montre.

John et Karen se mirent en route. Au bout de quelque temps ils furent avalés par l'obscurité.

Gil Krueger aurait aimé déployer ses hommes en tirailleurs pour approcher du point où il supposait que se trouvait Loren Hynes. Mais il ne connaissait pas le quatorzième étage. Ils s'avancèrent donc groupés, courant le risque qu'un hypothétique adversaire ne leur inflige des pertes sensibles avec un seul tir radiant. En contrepartie, Krueger leur fit forcer l'allure. De l'un des anciens puits antigrav qui, pour des raisons inconnues pour l'instant, fonctionnaient encore, il était parvenu en quelques minutes à l'échangeur d'où Hynes avait envoyé son dernier message. De là, Loren s'était dirigé vers le sud-est. Mais au grand souci de Gil, il y avait deux couloirs dont on pouvait affirmer qu'ils allaient dans cette direction. Le cœur lourd, il scinda son groupe. Dix hommes fouillèrent le couloir de droite, dix autres celui de gauche. Lui-même partit à gauche. Les instructions étaient de parcourir le couloir jusqu'à l'échangeur suivant et de chercher là-bas la plaque de jalonnement de Hynes. S'il y en avait une, le groupe devait attendre sur place. S'il n'y en avait pas, il devait revenir sur ses pas et prendre l'autre couloir qui, dans ce cas, devrait être le bon.

Ils n'étaient pas en liaison radio, leurs appareils n'étant pas assez performants. Le rocher séparant les couloirs absorbait toutes les ondes des émetteurs.

La portion de couloir entre les deux échangeurs était de trois cents mètres. Gil et ses hommes la parcoururent au pas de course. Gil fut le premier à déboucher dans le petit hall circulaire. Il fit décrire un cercle à sa lampe en cherchant un jalon bleu-vert, comme ceux qu'utilisaient les éclaireurs dans les secteurs inconnus du labyrinthe. Mais il n'y en avait pas. Gil rejoignit ses hommes qui l'attendaient au débouché du couloir.

— Rien, dit-il d'un ton maussade. Nous sommes sur la mauvaise piste.

Un mouvement se fit dans le groupe. Un petit homme âgé s'avança : Ron « Paddie » Irish.

— Je possède un appareil qui ne tombe jamais en panne, dit-il d'un air rayonnant. Il indique qu'un tir radiant a eu lieu ici il y a peu de temps. Cela vous dit-il quelque chose ?

— Quel genre d'appareil, Paddie ? s'enquit Gil.

Du doigt, Paddie tapota la puissante cornue olfactive qu'il portait au milieu du visage et qui se donnait toutes les peines pour couvrir de son ombre la bouche qu'un tir radiant avait jadis déformée.

Quelqu'un rit. Gil hocha la tête.

— Mon nez, répondit Paddie, sèchement.

— Ça ne suffit pas, Paddie. Que sens-tu ?

Paddie hésita.

— Je ne sais pas. Comme d'habitude, je pense. De l'air brûlé.

— Mais il n'y a aucune trace, Paddie. Or il devrait y en avoir si l'on avait tiré ici. Même s'il avait frappé Loren de plein fouet, un tir radiant aurait traversé son corps et aurait touché le mur ou le plafond quelque part. Viens voir, Paddie.

Paddie obéit. Il fit pivoter sa lampe et examina les murs, plafond et sol de l'échangeur circulaire.

— Hum, hum, grogna-t-il. Bizarre. J'aurais juré que cela sentait le fulgurant ici.

Ils revinrent sur leurs pas pour suivre, comme convenu, l'autre groupe qui devait avoir trouvé le jalon de Hynes. Mais ils n'avaient pas encore atteint l'échangeur précédent qu'ils entendirent des bruits et virent une lueur devant eux. Quelques pas plus loin ils rencontrèrent l'autre groupe.

— Par exemple ! cria Gil. N'auriez-vous rien trouvé, vous non plus ?

— Aucune trace, répondit le chef du groupe.

Le visage de Gil Krueger exprima sa perplexité.

— Bon, si quelqu'un a une idée, qu'il l'expose, dit-il.

Pendant un moment, nul ne répondit. Puis à l'arrière-plan, Paddie se manifesta d'une voix chevrotante :

— Vous ne voulez pas faire confiance à mon nez, hein ?

Gil sourit.

— Pas sans autre indication, Paddie.

Il réfléchit trente secondes puis il reprit :

— Bon, très bien. Nous ne pouvons laisser l'affaire où elle en est. Nous allons fouiller le quatorzième niveau à fond. Nous irons par groupes de cinq. Qui a des jalons ?

Huit hommes se manifestèrent.

— Cela suffit. Répartissez-vous deux par deux dans chaque groupe. Paddie, toi et ton nez vous m'accompagnez. Encore trois hommes.

En trois minutes les groupes furent constitués. Gil indiqua un couloir à chacun d'eux. Il leur donna l'ordre d'avancer pendant une heure, si possible en ligne droite, puis de revenir. Pendant qu'il donnait ses instructions, l'un des hommes était remonté au troisième étage pour aller chercher des minicoms comme celui qu'avait eu Loren Hynes. Pour les ondes de ces appareils-là, les masses rocheuses ne constituaient pas un obstacle.

Ensuite chaque groupe reçut un minicom et se mit aussitôt en route. Gil et ses quatre hommes furent les derniers à partir.

Gil s'avança dans le couloir qu'il avait choisi pour son groupe. Il s'attendait à trouver l'échangeur suivant tout au plus à quatre ou cinq cents mètres de là. Mais au lieu de cela, le couloir qui jusqu'alors se dirigeait vers l'ouest, commença à obliquer peu à peu vers le nord-ouest et continua au moins sur un kilomètre sans présenter, ni à droite ni à gauche, autre chose que des parois lisses.

A la lueur de sa lampe, Gil vit finalement que la paroi de droite s'arrêtait brusquement. Il dirigea le faisceau de lumière vers le bas et remarqua que le sol, à cet endroit, décrivait un coude arrondi puis descendait ensuite en pente douce. Mais le sol ne s'élargissait pas. Là où le mur avait précédemment stoppé le rayon lumineux, celui-ci rencontrait maintenant l'obscurité et formait loin de là une petite et faible tache de lumière sur un mur manifestement très éloigné.

— Une rampe, constata Gil, sombrement.

Il sortit du couloir, s'avança prudemment au bord de la rampe et éclaira les profondeurs. Environ dix mètres plus bas, il vit la moitié inférieure de la descente, une étroite bande de terre ferme qui, sous un angle de 180 degrés par rapport à la direction précédente du couloir, conduisait vers une ouverture dans la paroi rocheuse verticale. C'était le genre de rampe que l'on trouvait couramment dans le labyrinthe. Elle descendait comme un serpentin sur plus de dix mètres de dénivelée.

Ce qui irritait Gil, c'était que là en bas commençait le quinzième étage dont il ignorait tout, comme du quatorzième d'ailleurs.

Il fit remonter le faisceau de sa lampe le long de la partie inférieure de la rampe et soudain il vit une chose qui, en un clin d'œil, balaya ses interrogations. Sur la rampe, il y avait un corps qui portait le casque bleu des éclaireurs. Et Loren était le seul éclaireur à être venu jusqu'ici.

— Allez! cria-t-il. Il est là!

Il descendit la rampe en courant et ses hommes le suivirent.

Gil atteignit Loren, ou plutôt ce qu'il en restait.

Il était mort, cela se voyait du premier coup d'œil. Un tir de fulgurant l'avait frappé en pleine poitrine. Gil s'agenouilla et redressa le corps rigide. Il remarqua, par hasard, que toute l'énergie du tir avait dû rester dans le corps. Il n'y avait pas de trou de sortie.

— Qui a les plaques de jalonnement? Vite, collez-en une ici, à cet endroit-ci. Quelqu'un m'aide à porter Loren. Prenez-le par les pieds... Oui, comme ça. Et maintenant demi-tour. Paddie, informe les autres groupes, ils peuvent revenir. Allez!

— Un instant! cria la voix aiguë de Paddie. Il y a autre chose que vous aimeriez peut-être voir, Gil.

Tous avaient allumé leurs lampes. Sur la rampe il faisait clair comme en plein jour. Paddie se trouvait près de la paroi de la rampe et avait les yeux levés vers le rocher lisse. Gil fit un signe de tête à l'homme qui l'aidait à porter le cadavre et ils rejoignirent Paddie.

— Qu'y a-t-il? demanda Gil, impatient.

Sans un mot, Paddie montra le mur en haut. Gil vit une petite tache claire, d'un bleu verdâtre. La chose, à cet endroit, était si insolite qu'il ne comprit qu'au bout de quelques minutes ce dont il s'agissait.

Un jalon! De l'un des jalons qu'avait eus Loren Hynes!

Paddie ne quittait pas la marque des yeux.

— A votre avis, quelle est la taille de Loren? demanda-t-il.

— Moyenne. De un mètre soixante-dix à un soixante-quinze.

— Ah bon, dit Paddie. Je lui aurais donné moins. Et à votre avis, à quelle hauteur se trouve la marque ?

— A plus de trois mètres.

Paddie s'écarta du mur et regarda autour de soi comme s'il cherchait quelque chose.

— J'aimerais savoir où est passée la chaise sur laquelle Loren est montée pour coller son jalon.

**
*

Karen s'arrêta soudain.

— Sentez-vous quelque chose ? demanda-t-elle.

John Pohl se mit à renifler.

— Oui, mais ne me demandez pas quoi.

— C'est une odeur si... si anormale.

John toussota.

— Venez. La limite du poste est tout au plus à vingt mètres devant nous.

Il reprit sa marche pesante dans l'herbe jonchée de débris du temple. Soudain il eut très chaud. Il ignorait d'où lui venait cette impression mais la sueur lui perlait sur le front. Il voulut demander à Karen si elle sentait elle aussi la chaleur mais au même instant, son pied heurta quelque chose de dur, de lisse. Il glissa et faillit tomber. En étouffant un juron il reprit son équilibre et pour la première fois depuis qu'ils avaient quitté les murs du temple, il se risqua à allumer sa lampe. Il la dirigea à la verticale vers le sol et en masqua la lueur avec les mains.

Il vit un fragment gris d'une masse vitrifiée. Incrédule, il se pencha et l'examina. La substance était aussi dure qu'elle le paraissait. Mais il ne faisait aucun doute qu'à l'origine elle avait été un morceau de sol meuble et friable.

John tourna sa lampe et dirigea le cône de lumière

devant lui. Partout le spectacle était le même. La substance vitreuse formait une surface presque circulaire d'une centaine de mètres de diamètre. C'était à un cheveu près, la surface qu'avait occupée le poste de garde du capitaine Heyder avec ses baraquements. John palpa la masse. Elle était encore chaude, presque brûlante. C'était cela qui l'avait fait transpirer.

Tandis qu'il laissait errer le rayon de la lampe, il vit soudain une aspérité pyramidale dans la couche unie. Il arrêta sa lampe et étudia la chose qui se trouvait à une trentaine de mètres de lui. Somme toute elle devait avoir quelque deux mètres de haut et elle brillait d'un éclat métallique.

John sut soudain ce que c'était : le châssis protecteur en plastométal, dans lequel se trouvait l'hyperémetteur. Il avait résisté un peu plus longtemps à la chaleur que les autres objets dans le camp. Seule la base avait fondu, et bien sûr l'émetteur que le châssis devait protéger. Ce qu'il voyait n'était que l'arête supérieure du cadre vide, fichée de travers dans la couche vitrifiée grise.

Une force étrangère avait anéanti le poste de garde, à l'improviste et rapidement. Heyder n'avait même pas pu envoyer un signal de détresse.

John sentit l'horreur lui parcourir la moelle épinière. Et d'un seul coup il prit conscience du danger qui les menaçait : ils n'avaient que quelques misérables radiants automatiques contre un ennemi qui pouvait utiliser des armes cent fois plus puissantes.

Il saisit Karen par le bras et courut avec elle, aussi vite que possible, vers les hommes qui les attendaient.

CHAPITRE II

Christophe Warren, John Pohl et Gil Krueger se retrouvèrent dans la salle radio du poste central pour discuter de la situation.

— Nous allons examiner les incidents les uns après les autres, dit John Pohl. Gil, à vous de commencer.

Gil relata ce qui s'était passé, sans omettre un détail.

Christophe Warren, penché en avant, appuyait pensivement son menton dans ses mains. Christophe, psychologue en chef de l'opération, en était effectivement le chef tandis que John Pohl en avait la direction scientifique.

— Quelles sont les chances que Paddie ait malgré tout raison? demanda Warren. D'accord, il n'y a aucune trace de tir, nulle part. Mais vous avez dit, Gil, que le coup n'avait pas traversé le corps. Donc celui-ci a absorbé toute l'énergie... dans ce cas, comment pourrait-il y avoir des traces?

— Mais... cela signifie, bégaya Gil ahuri, que l'inconnu aurait utilisé une arme d'une puissance extrêmement faible!

John inclina la tête en souriant.

— Naturellement. Avez-vous quelque chose à objecter à cela? Je pense que cela nous donne plutôt un avantage.

— Bien entendu, concéda Gil troublé.

112

— Et il y a encore cette histoire de jalon, poursuivit Christophe. Il était situé en un endroit que Loren ne pouvait atteindre. Il serait absurde d'imaginer que Loren est monté sur quelque chose pour coller la marque à plus de trois mètres de haut. Sans parler du fait que vous n'avez rien trouvé sur quoi il aurait pu grimper. Il ne reste donc qu'une solution : c'est l'inconnu qui a lui-même collé la marque à cette hauteur.

John Pohl l'examina attentivement avec une légère ironie dans le regard.

— Logique parfaite, Christophe, seulement maintenant je ne vais plus pouvoir dormir. Quelle taille a donc cette bête pour pouvoir atteindre trois mètres et plus ?

— Deux mètres, et peut-être quelques centimètres de plus. Ce n'est pas terrible.

Gil reprit la parole :

— Je vous en prie, quel objectif poursuivait l'inconnu en tirant la marque de la poche de Loren et en...

Christophe l'interrompit d'un geste :

— Pas de précipitation, Gil. Qui dit qu'il l'a sortie de sa poche ? J'imagine plutôt la situation ainsi. L'inconnu a rencontré Loren, non pas sur la rampe où le corps a été trouvé, mais à un autre endroit, là peut-être où Paddie a senti le tir radiant. Cela se serait donc passé dans un échangeur. Loren s'apprêtait à traverser l'échangeur et il avait donc placé un jalon à l'endroit où il quittait le couloir précédent. L'étranger l'a abattu. Le chemin que voulait emprunter Loren conduisait à sa cachette. Il ne voulait donc pas que le corps soit trouvé à cet endroit car il savait que Loren n'était pas seul dans le labyrinthe. D'autres viendraient, trouveraient le corps... et en même temps la direction de la cachette de l'inconnu. Il fit donc disparaître le cadavre de Loren. Naturellement le jalon attira son attention. Il l'arracha et l'emporta. Il traîna le corps jusqu'à la rampe et le déposa là-bas, en un lieu tout à fait sans danger. Il était nerveux car il devait s'attendre à tout instant à rencontrer d'autres hommes du groupe de Loren. Il tenait toujours à la main la marque qu'il avait arrachée. Là où il l'avait prise, elle avait été collée au mur. C'était donc la chose la plus naturelle à faire. Cela donnerait l'impression qu'avant de mourir Loren avait placé un dernier jalon. L'étranger tendit donc la main et colla la marque une seconde fois... à un endroit facilement à sa portée. Puis il rebroussa chemin aussi vite que possible et disparut.

Pendant un moment le silence régna dans la petite salle.

— C'est plausible, déclara John. Très plausible, Christophe. Surtout quand on pense que dans le dernier échangeur Loren a annoncé par minicom qu'il allait se diriger vers le sud-est. Il aurait certainement envoyé un autre message s'il avait changé de direction. Or la rampe se trouve au nord-ouest de l'endroit où nous avons trouvé sa dernière marque. Bon, Christophe, nous allons faire des recherches dès que possible. Mais d'abord, voyons ce qui s'est passé pour le poste de Heyder.

Et à son tour il relata sa découverte du camp détruit.

— Ne nous berçons pas d'illusions, ajouta-t-il. Il est plus que vraisemblable que l'assassinat de Loren Hynes et la destruction du poste de garde ont le même auteur. Et la mort de Loren n'était pas un hasard malheureux. L'étranger cherche à nous anéantir. Il ne fait aucun doute que Heyder est mort avec tous ses hommes lors de l'attaque contre son camp.

— Y a-t-il un indice quelconque sur la manière dont a été menée l'attaque ? s'enquit Christophe. Je trouve étrange que nul n'ait eu le temps d'envoyer un appel de détresse.

— J'ai observé la ville après que nous ayons découvert ce qui s'était passé, répondit John calmement. L'attaque a dû se produire entre trois et cinq heures avant le moment où nous sommes arrivés. Il faisait donc encore grand jour. Il n'a pu y avoir de phénomène lumineux spectaculaire sinon nous aurions remarqué de l'agitation en ville... même trois à cinq heures plus tard. Nous savons tous à quel point les Saloniens sont superstitieux dès qu'il s'agit du temple détruit. J'imagine que l'attaque s'est produite avec une batterie de lasers à infrarouge. La radiation a tué Heyder et ses hommes instantanément, puis elle a commencé à faire fondre les baraquements. La radiation elle-même est invisible. Seules des substances dont le point de fusion est assez élevé peuvent émettre de la lumière visible. Nous savons que quatre-vingt-dix pour cent des matériaux de construction dans le poste étaient en plastique, avec un point de fusion entre cinq cents et six cents degrés. Ils ont fondu sans la moindre étincelle. Les objets métalliques peuvent avoir été portés à incandescence mais de la ville on ne pouvait certainement rien voir.

— Mais cela signifie que nous avons affaire à un adversaire bien organisé et bien équipé ! intervint Gil, fort agité.

— Oui, et c'était bien ce que je craignais.

— Pour l'amour du ciel ! Où peut-il bien se cacher ? Toute une batterie de lasers à infrarouge, comme vous le supposez, ça ne s'emporte pas dans la poche ! On devrait bien trouver une piste quelque part !

— Demain matin nous retournerons là-haut pour chercher des indices, promit John. Dans l'obscurité cela me semble trop risqué.

— John, à ton avis, de quelles créatures peut-il s'agir ? demanda Christophe Warren.

— Je l'ignore, Christophe. Sur Eysal il n'y en a aucune disposant de telles armes. (Il hésita.) Une nouvelle race, qui sait.

**
*

Gil Krueger, couché sur son lit de camp, réfléchissait aux derniers événements.

Naturellement, ce labyrinthe avait quelque chose de particulier. Il n'avait pas été construit par cette civilisation à laquelle appartenait le temple. Deux mondes étrangers se rencontraient à la surface de la planète Eysal. Une civilisation antique, instruite, qui s'était retirée dans les profondeurs du sol, et une civilisation jeune, turbulente, qui bâtissait de puissants édifices en surface.

Quelqu'un devait avoir créé le labyrinthe alors que les Saloniens en étaient encore à l'âge de la pierre. Ces mêmes Saloniens qui dans l'intervalle avaient fondé le royaume le plus puissant à la surface d'Eysal, dominaient des dizaines d'autres peuples et se prenaient tout simplement pour les plus grands dans le vaste Univers, nonobstant l'atterrissage de quelques astronefs terriens.

Le choc gravitationnel qui avait fait éclore les œufs d'annélicères sur un nombre incroyable de planètes était parti d'une machine du labyrinthe. Or annélicères, acridocères, molkex, Bienveillants et Suprahest se trouvaient en relation étroite.

« Ressaisis-toi, Gil Krueger ! se dit Gil. Le choc gravitationnel qui a mis tout en branle est bien parti d'ici. Mais est-ce là une raison suffisante pour supposer que le labyrinthe est une installation des Bienveillants ? »

Il ne put poursuivre ses réflexions car on frappa à sa porte. Celle-ci s'ouvrit avant même qu'il n'ait pu répondre et la tête de Paddie Irish apparut.

— Je sens de nouveau quelque chose, chuchota Paddie. Mais cette fois-ci au sens figuré seulement. Je vous dérange ?

— Bah ! Entre, Paddie. Qu'y a-t-il ?

Paddie fit un pas en avant. La porte resta ouverte.

— Loren avait encore son casque quand nous

l'avons trouvé, dit-il vivement. Est-il déjà venu à l'idée de quelqu'un qu'il pouvait avoir quelques images révélatrices dans sa caméra ?

Gil Krueger n'était jamais sorti du lit aussi vite. Deux minutes après l'arrivée de Paddie, les deux hommes étaient en route pour le laboratoire photo.

On avait ôté son casque à Loren Hynes et on l'avait ramené dans la salle des équipements. Paddie s'offrit à aller le chercher. Pendant ce temps, Gil mit en marche l'appareil qui développerait automatiquement le microfilm. Peu après, Paddie revint. Gil ôta la caméra du casque, sortit le film et l'introduisit dans l'appareil.

— Dans dix minutes, Paddie, dit-il à voix basse, et il regarda l'heure. Peut-être devrions-nous prévenir John Pohl.

— Tss, tss ! fit Paddie en secouant la tête. Premièrement, laissons-le dormir et, deuxièmement, on ne met pas en vente ce qu'on n'a pas encore fabriqué.

Gil se contenta de cela. Les minutes s'écoulèrent lentement. Quand un voyant vert s'alluma sur l'appareil, indiquant que le travail était terminé, Gil sortit le film développé et le plaça dans le projecteur. Il était si nerveux que ses mains tremblaient.

Paddie éteignit. Le projecteur se mit à ronronner. Sur l'écran blanc se succédèrent rapidement les images de couloirs éclairés par le faisceau lumineux puissant d'une lampe. Rien de nouveau. Un échangeur apparut. Loren l'avait photographié dans toute son étendue. Une prise de vue grand-angulaire montra en même temps le dernier jalon et l'ouverture du nouveau couloir. Ainsi se trouvait établie la direction prise par Loren. Puis quelques images du couloir suivirent et finalement un nouvel échangeur.

La tension de Gil fut à son maximum. Il reconnut l'échangeur. C'était celui où Paddie avait senti le tir fulgurant. Loren ne pouvait être allé plus loin. Dans quelques secondes on verrait s'il avait pu filmer l'inconnu.

Gil regardait, crispé, les images de l'échangeur courir sur l'écran blanc. Bientôt...

Maintenant !

L'écran s'obscurcit. Déçu, Gil poussa un soupir puis il s'aperçut que l'obscurité montrait encore une forme. D'un bond il fut près du projecteur et stoppa le déroulement du film. Il le fit sans regarder. Pas une seconde il ne quitta l'écran des yeux.

Loren devait avoir pointé sa lampe dans une autre direction pendant cette prise de vue. L'objectif de la caméra n'avait reçu qu'une lumière réfléchie et diffuse. L'arrière-plan était gris. A droite et à gauche, les parois du couloir se dressaient, sombres et menaçantes.

Mais il y avait quelque chose sur le fond gris. Une forme, une silhouette, si monstrueusement étrangère que Gil, épouvanté, poussa un cri. Il se retourna si vite qu'il faillit en perdre l'équilibre.

— Paddie... lumière ! cria-t-il. Va chercher John Pohl... au plus vite !

John Pohl paraissait maître de soi bien qu'il ait été tiré de son sommeil et que de surcroît Paddie n'ait laissé subsister aucun doute qu'une nouvelle sensationnelle l'attendait.

— Allons-y, ordonna-t-il en entrant dans le laboratoire. Eteins la lumière, Paddie !

— Il faut quelque temps pour que les yeux, dit Gil dans l'obscurité.

— Oui, merci, l'interrompit John. Je vois déjà.

Puis une respiration rapide et l'exclamation de surprise :

— Mais c'est incroyable !

Au premier coup d'œil, la silhouette que dévoilait vaguement l'image paraissait petite et délicate. Mais c'était une impression trompeuse comme s'en convainquit John rapidement. Il était certain que l'étranger mesurait près de deux mètres. C'était l'articulation singulière du corps qui donnait cette impression de délicatesse. Les épaules étroites se trouvaient à peu près à la même hauteur que celles d'un homme de taille moyenne. Mais elles étaient surmontées d'un cou semblable à un tuyau, si mince et si frêle que l'on s'étonnait qu'il pût porter le poids de l'espèce de plat qui le surmontait. Ce plat — ou plutôt ces deux plats posés l'un sur l'autre, bord à bord —, avait un diamètre d'un demi-mètre. Mais il n'avait pas plus d'un empan de haut.

C'était la tête la plus étrange que John Pohl ait jamais vue.

Les jambes de l'étranger étaient courtes et robustes sans pour autant nuire à son apparence de gracilité. Des épaules partaient deux bras dont l'un, très long, pendait mollement, tandis que l'autre était replié. John ne pouvait voir les mains mais il ne doutait pas que celle du bras replié tenait l'arme qui avait abattu Loren Hynes.

Loren devait avoir fait la prise de vue quelques fractions de seconde avant sa mort. Peut-être n'avait-il même pas eu conscience de filmer. Peut-être que sa main avait appuyé sur le déclencheur dans une espèce de réflexe. En tout cas, dans la mort il avait rendu un service inestimable à son groupe.

— Maintenant nous savons au moins à quoi ressemblent ces types, soupira John. Merci, Paddie !

Un commutateur craqua, la lumière se ralluma. John se retourna. Gil Krueger le regardait de ses grands yeux étonnés.

— Qu'en pensez-vous, commandant ?

— Juste ciel... je n'en sais rien ! Ils sont horribles, du moins pour mon goût. Mais comme on sait, il n'y a pas de lois interstellaires en matière de goût. Eux-mêmes se trouvent vraisemblablement beaux.

— Je veux dire, avez-vous une idée quelconque sur leur identité ?

John haussa les sourcils.

— *Vous* en avez une, à en juger au ton de votre voix, n'est-ce pas ?

Gil acquiesça avec empressement d'un signe de tête.

— Je pense aux Bienveillants, commandant.

John ne fut nullement impressionné. Il dit pensivement :

— Bien sûr qu'il s'agit des Bienveillants, Gil. Vous avez parfaitement raison.

Gil fut stupéfait. Il ne s'était pas attendu à ce que sa supposition soit acceptée aussi vite et sans discussion.

Il voulut expliquer comment il en était arrivé à cette hypothèse : il ne voulait pas que John s'imagine que ses idées étaient dénuées de fondement. Il avait déjà le premier mot sur la langue quand il fut interrompu.

Dans les couloirs, les sirènes d'alarme se mirent à hurler.

John Pohl fut le premier à atteindre la salle radio. Duram Olsson tenait la porte ouverte. De la main gauche il indiqua la pièce pleine d'appareils et d'instruments.

Dans l'un des fauteuils était assis un personnage sale, en haillons, le visage à demi caché par la couche de poussière et de sable qui le recouvrait. L'homme portait un fulgurant à la main et paraissait déterminé à tirer dans les secondes suivantes.

— Heyder ! cria John, surpris. Mon vieux, comment... !

— Je n'ai entendu que quelques mots de son histoire, commandant, déclara Duram Olsson. Mais j'ai estimé que l'alerte générale était justifiée. Que se passe-t-il, Heyder ? demanda vivement John. Mais parlez !

Heyder remit finalement son fulgurant dans sa poche.

— Je ne sais pas grand-chose, commença-t-il d'une voix rauque. J'avais quitté le poste pour aller faire un tour en direction de la ville et j'étais sur le chemin de retour quand soudain l'air s'est mis à brasiller devant moi. Il y eut un craquement sourd, comme si quelque chose de lourd, d'invisible, était tombé de très haut sur le sol. Une vague d'air brûlant me renversa et m'étouffa presque. Mais je pus encore voir le poste se mettre à brûler. Les baraquements fondaient. Le conteneur où se trouvait l'hyperémetteur commença à rougir et chavira. Et j'étais étendu là, sans savoir ce qui m'arrivait. Toute cette affaire n'a pas duré plus de dix ou quinze minutes. Aucun des hommes n'a eu la moindre chance.

« Naturellement, je voulais découvrir ce qui s'était passé. Tout cela ne ressemblait pas à une explosion. C'était comme si quelqu'un avait tiré au canon thermique depuis les ruines du temple. Je ne pouvais m'approcher des décombres du poste, la chaleur était bien trop forte. Mais je voulais savoir qui se cachait dans les ruines.

« Je découvris assez vite que celui-là, quel qu'il fût, n'avait pas l'intention de me laisser fourrer mon nez dans ses affaires. On tira sur moi. Cette fois-ci avec des armes tout à fait normales : des radiants. Que vous le croyiez ou non... je reçus au moins trois impacts. Sans doute étais-je encore hors de portée car ils ne parvinrent à me faire que quelques brûlures sur la combinaison.

« La route m'était donc coupée là aussi. Je devais descendre ici. Je devais vous signaler ce qui était arrivé. J'étais le seul témoin et aucun de mes hommes n'avait sans doute eu le temps d'envoyer ne fût-ce qu'un appel de détresse. Je me faufilai donc le long du côté est du temple et tentai ma chance par là. Mais il n'y avait rien à faire. Ces types étaient partout. Dans l'intervalle, ils étaient devenus plus malins. Ils me laissèrent approcher avant de commencer à tirer. Dieu merci, ils ne savent pas viser ! Je fis quelques crochets et m'éloignai en courant. Jamais ils ne sortirent en plein air. »

Il leva les yeux.

— Bref, j'ai mis neuf heures pour atteindre mon objectif. J'ai finalement trouvé une vieille rampe à demi effondrée, que j'ai empruntée pour descendre. Je me suis tenu éloigné de tous les puits antigrav car il semblait qu'ils les surveillaient étroitement. J'ai rampé quelques heures durant dans l'obscurité et, finalement, j'ai retrouvé mon chemin.

Dans l'intervalle, presque tout le groupe s'était rassemblé dans et devant le salle radio. Heyder parlait assez fort et les hommes de devant pouvaient entendre son récit et le rapporter à voix basse à ceux de derrière.

— Vous n'avez jamais vu le visage de l'un des inconnus ? demanda John.

Heyder fit signe que non.

— Bon, très bien, concéda-t-il ensuite, j'en ai vu quelques-uns. Mais si je vous les décris, vous croirez que j'ai...

— Attendez, dit John et il fit comme s'il devait réfléchir. Ils sont minces, paraissant graciles malgré leurs courtes jambes, ont un fin tuyau à la place du cou et en haut de ce tuyau, une espèce de soupière en guise de tête. Est-ce cela ?

Heyder se leva d'un bond.

— Vous les avez vus ? s'écria-t-il, agité.

John Pohl inclina fortement la tête.

— Oui. Loren Hynes a été tué par l'un d'eux. Au dernier moment il l'a filmé.

Des murmures s'élevèrent dans la foule. John se retourna et réclama le calme d'un geste apaisant.

— Vous verrez tous la photo, déclara-t-il. Mais tout d'abord il y a des choses plus importantes à régler.

Nous avons manifestement affaire à un adversaire qui ne recule devant aucun moyen pour nous chasser du labyrinthe. Nous sommes plutôt désarmés tant que nous n'avons pas un poste de garde pour nous informer en permanence de ce qui se passe à la surface. L'adversaire va sans doute recevoir du renfort de l'extérieur. Il ne veut pas que nous voyions tout. Gil, prenez dix hommes et un minicom. Allez là-haut jeter un coup d'œil et informez-vous de la situation.

Gil choisit aussitôt ses hommes tandis que John poursuivait :

— Deuxièmement, il nous faut un nouvel hyperémetteur. Un groupe de cinquante scientifiques devrait avoir les facultés intellectuelles nécessaires à la construction d'un appareil aussi compliqué. Mais nous devons d'abord voir si nous avons le matériel nécessaire. Christophe, vous êtes certes psychologue mais ne pouvez-vous vous assurer la collaboration de quelques spécialistes et chercher les pièces qu'il nous faut dans les salles autour du poste central ? Je pense que cinq hommes suffiront pour cette tâche.

Christophe Warren acquiesça de la tête. Lui non plus ne perdit pas de temps. Il choisit Duram Olson et trois autres physiciens pour compagnons. Ils prirent des armes. Christophe lui-même glissa un minicom dans sa poche, puis ils se mirent en route.

— Capitaine Heyder, poursuivit John Pohl, j'aimerais que vous preniez le commandement du poste central. Nous possédons assez d'armes pour équiper tout le monde. Je crains seulement que cela ne nous serve pas à grand-chose si ces étrangers sont effectivement des Bienveillants. Je vous laisse vingt hommes.

Heyder le regarda, surpris.

— Que projetez-*vous* donc ? demanda-t-il.

John sourit.

— Je veux gagner une décoration. Quelqu'un doit s'occuper de la cachette de l'adversaire en bas, au quatorzième étage. Pour cela il me faut un groupe de quinze hommes.

— N'est-ce pas risqué ? demanda Heyder. Vous serez en terrain totalement inconnu et...

Il fut interrompu. Gil Krueger avait formé son groupe et s'apprêtait à quitter la salle radio. John Pohl se tourna vers eux :

— Bonne chance, Gil ! Eh !... n'emmenez-vous pas votre beauté avec vous ?

Il montra Karen Isot.

— Non, commandant, répondit Gil. Elle est plus en sécurité en bas.

— Mesdames et messieurs, dit alors John en s'adressant à tous, la situation est plus grave que vous ne le pensez. Contre les Bienveillants il n'existe aucune arme efficace. Ce n'est pas parce que notre force de feu se concentre ici que l'adversaire doit redouter le poste central. Il peut attaquer à tout moment. Quelle que soit notre activité... que nous soyons en reconnaissance en surface, que nous attendions ici dans le poste central ou que nous descendions au quatorzième étage, nous sommes tous autant en mauvaise posture. Dans la partie qui se joue, pas un endroit n'est plus sûr qu'un autre.

Gil s'éleva lentement, suivi de près par ses neuf hommes. Ils utilisaient le puits numéro un. Le projecteur de gravité se trouvait, comme dans toutes ces constructions, près de l'extrémité supérieure du puits.

Gil s'arrêta à la hauteur du deuxième étage. La sortie du puits s'ouvrait devant lui. Il se colla contre la paroi et dirigea le rayon de sa lampe dans la salle de l'autre côté de la sortie. Elle était vide et rien ne bougeait. Gil se souvint de l'exposé du capitaine Heyder et se demanda ce qui pouvait avoir poussé les étrangers à renoncer à leurs positions à proximité des puits. Peut-être ne s'attendaient-ils pas à ce que leur adversaire lance une nouvelle attaque vers le haut. Peut-être tenaient-ils seulement à capturer Heyder qui avait été le témoin de l'attaque du poste de garde. Et ayant peut-être appris qu'il avait atteint le poste central, ils avaient renoncé à leurs efforts.

Gil prit conscience qu'il avait affaire ici à un adversaire dont il ne connaissait absolument pas la mentalité. Il n'y avait aucun moyen de prévoir ce qu'il ferait et ce qu'il ne ferait pas. Il se déplaçait en terre inconnue et s'il s'écartait d'un seul pas du bon chemin, cela pouvait signifier la mort pour lui et ses hommes.

Il continua à monter et recommença l'inspection au premier étage. Mais là aussi il trouva l'antichambre du puits vide. Tout était comme avant, désert et mort, un peu sinistre mais sans danger. Pendant quelques secondes, Gil fut tenté de croire que la mort de Loren Hynes, la destruction du poste de garde, le rapport du capitaine Heyder n'avaient été que des cauchemars et qu'en réalité rien n'avait changé depuis les premiers jours de leur mission.

Alors qu'il planait vers la sortie supérieure, Gil était parvenu à se convaincre que dans quelques minutes il pourrait informer John Pohl qu'il n'avait trouvé aucune trace d'activité ennemie et qu'il semblait bien qu'aucun étranger ne s'était jamais approché du temple.

C'est alors qu'une lumière s'alluma devant lui dans l'obscurité du puits. Elle grandit à la vitesse de l'éclair et se transforma en un flot de lumière blanche et éblouissante. Une vague de chaleur insupportable frappa Gil au visage. Il leva les bras pour se protéger la tête. Autour de lui ce n'étaient que feulements et rougeoiements. Il manqua d'air. Un coup le frappa à hauteur de l'estomac. La violence du choc fut telle qu'il alla retomber dans le puits malgré l'attraction du champ de pesanteur artificielle. En raison de la chaleur et du manque d'air, ses réactions commencèrent à se paralyser. Plusieurs secondes passèrent avant qu'il ne puisse ôter la sécurité de son radiant. En descendant, il heurta l'un de ses hommes. Il se repoussa des deux pieds pour se libérer et fit feu vers le haut. Le tir gronda dans le puits et frappa le plafond. Des gouttes de roche fondue coulèrent. Elles tombèrent de quelques mètres dans les profondeurs jusqu'au moment où l'attraction du champ antigrav les saisit et les fit remonter. Quelqu'un cria d'une voix grêle et incroyablement aiguë. Le recul projeta Gil Krueger encore plus bas dans le puits. Il passa devant l'homme qu'il avait heurté et qui depuis s'accrochait à la paroi pour ne plus être sur son chemin.

— Tirez ! cria Gil. Vers le haut, sur le plafond !

Une idée lui était soudain venue : les étrangers n'avaient pas besoin de les prendre individuellement pour cible. Ils avaient un moyen à la fois plus simple et plus efficace de liquider leur adversaire. Et s'ils n'y avaient pas encore pensé, c'était qu'ils ne connaissaient pas très bien les lieux. Mais cela ne pouvait plus être qu'une question de secondes avant qu'ils ne s'orientent.

A côté de Gil, un tir radiant partit. Sous la pression du recul, l'homme descendit rapidement en passant devant Gil. Celui-ci tira une seconde fois et fut projeté à la suite de son compagnon. Il tourna la tête et vit surgir loin en dessous la niche du premier étage.

D'en haut on ne répondit plus au tir. Gil savait ce que cela signifiait : les étrangers étaient à leur recherche ! Il se courba et cria vers le bas :

— Demi-tour ! Essayez d'atteindre le premier étage ! Progressez en vous accrochant aux parois !

Le plafond était un disque fluide de rocher fondu, d'un blanc incandescent, que seule la force du champ de pesanteur artificielle maintenait dans sa forme originelle. Après la vague de chaleur engendrée par le premier tir, la température avait baissé dans le puits. Mais maintenant elle redevenait insupportable. La plaque du plafond absorbait l'énergie des tirs radiants et la renvoyait. Gil avait la peau du visage tendue à l'extrême, les cheveux roussis et des yeux qui le brûlaient.

Il savait qu'il ne pourrait plus tenir longtemps. Il regarda vers le bas et vit la sortie à quelques mètres encore en dessous. Quelques-uns de ses hommes s'étaient élancés, à contre-courant du champ de pesanteur, dans la niche de sortie et s'apprêtaient à ouvrir la porte. Une tempête se leva avec un mugissement quand l'air chaud du puits se mêla à l'air froid de l'autre côté de la sortie. Gil fut entraîné un peu plus vers le bas. Le bord de la sortie vint vers lui. Il se pencha pour l'attraper avec les mains. Gil était le dernier dans le puits. Quelqu'un cria :

— Mais coupez donc le champ, sacrebleu !

Gil n'avait plus la force de crier. Tandis que ses doigts cherchaient un appui, il regarda en l'air. S'ils neutralisaient maintenant le champ, c'est-à-dire s'ils arrêtaient la pesanteur artificielle, la plaque du plafond là-haut exploserait sous la pression emmagasinée et enverrait dans le puits une pluie de gouttes de roche en fusion.

— On s'en occupe ! répondit quelqu'un à l'arrière-plan.

Gil parvint à agripper le bord. Le désespoir lui donna de nouvelles forces. D'un puissant coup de reins il entra dans la niche. Il se mit debout en titubant, recula encore de deux pas et s'adossa en haletant contre le mur.

— Champ coupé ! cria quelqu'un derrière lui.

Le plafond du puits céda avec fracas. Des lignes d'un blanc éblouissant zébrèrent l'obscurité, gouttes de roche en fusion libérées de la contrainte de la pesanteur artificielle. De nouveau la chaleur augmenta.

Gil frissonna. Puis il se retourna. Quelques-uns de ses hommes avaient allumé leurs lampes et éclairaient l'antichambre du puits.

— Juste ciel ! gémit quelqu'un.

— La prochaine fois, dit Gil la gorge sèche, réfléchissez *avant* à ce que vous voulez. C'était une bonne idée de vouloir m'aider à descendre en coupant le champ, mais vous auriez dû penser au plafond !

— Ce... ce n'était bien sûr pas... notre intention, bégaya l'un des hommes. Nous pensions seulement...

— Oubliez cela.

Il regarda autour de soi.

— A vrai dire, pourquoi sommes-nous ici ? demanda quelqu'un à l'arrière-plan.

— Parce que de toute façon nous n'aurions vraisemblablement rien pu faire contre notre adversaire, répondit Gil d'un air absent en continuant à examiner son entourage. C'est l'une des raisons.

— Vraisemblablement, dit un homme de mauvaise humeur. C'est toujours vraisemblablement. Pourquoi ne pas prendre des risques, une bonne fois, pour voir comment c'est *réellement* ?

Gil regarda l'homme mécontent.

— J'ai dit que c'était *l'une* des raisons. J'en aurais encore une autre. Auriez-vous par hasard quelque chose de lourd, d'inutile dans la poche ? Quelque chose que l'on peut jeter ?

L'homme fut sidéré. Puis il porta lentement la main à sa poche.

— Une vis... cela suffit-il ?

— Parfait. Venez !

La porte ne s'était pas encore refermée. Gil Krueger s'avança au bord du puits et dirigea le rayon de la lampe vers les profondeurs.

— Vous avez mis le puits au point neutre, n'est-ce pas ?

— Pas moi. Ben Harris...

— Ça va, ça va. Cela ne fait pas de différence. En tout cas un puits au point neutre a un champ de pesanteur nul et si je lâche la vis, elle doit flotter, immobile, dans l'air. C'est clair ?

L'homme acquiesça de la tête.

Gil tendit le bras, ouvrit la main et fit rouler la vis. Elle tomba comme une pierre dans les profondeurs. Plusieurs fois elle étincela à la lueur de la lampe puis elle disparut dans l'obscurité. Le faible bruit de l'impact leur parvint longtemps après.

Gil recula et regarda l'homme.

— Quand quelqu'un veut repousser un adversaire qui essaie de monter dans un puits antigrav, il ne peut avoir de meilleure idée que de déconnecter le projecteur de gravité, n'est-ce pas ? Personne n'a jamais affirmé que les Bienveillants étaient bêtes.

Il revint dans l'antichambre. L'homme, abattu, le suivit en silence. Gil s'avança au centre de la pièce et regarda ses hommes les uns après les autres.

— Cela change la situation, déclara-t-il. L'adversaire veille manifestement à ne nous laisser en aucun cas remonter à la surface. Seuls nous sommes trop faibles pour tenter de forcer le passage. Nous allons donc regagner le troisième étage par les rampes et informerons John Pohl que nous sommes provisoirement coupés du monde extérieur.

John Pohl conduisit ses hommes jusqu'à l'échangeur où Paddie Irish avait senti le tir de fulgurant. Il avait appris les dernières nouvelles par minicom.

Il fit arrêter son groupe et examina ses hommes. Des airs pincés, des gestes hâtifs, nerveux, des yeux angoissés. Ils ne cachaient pas ce qu'ils ressentaient. Seule Karen Isot avait encore la force de sourire.

— Ici ! J'ai quelque chose ! s'écria Paddie Irish à cet instant.

Il était agenouillé devant la mur nord de l'échangeur et montrait un endroit à quatre-vingts centimètres environ au-dessus du sol. Ses yeux brillaient autant que s'il avait découvert l'Amérique.

— Qu'est-ce que c'est, Paddie ?

— Un peu de colle provenant du dernier jalon de Loren.

John examina l'endroit. Les marques de jalonnement étaient autocollantes. Quand l'étranger avait arraché la petite plaque de plastique, un peu de la gomme était resté collé sur le mur. John frappa sur l'épaule de Paddie.

— Ainsi donc tu avais raison, dit-il.

— Oui, et je le savais depuis le début, répondit Paddie radieux.

— A partir d'ici Loren aura pris la direction du sud-est. Sans doute voulait-il emprunter le couloir en face de la sortie. Celui-là, là-bas !

Il se dirigea vers l'endroit indiqué. Ses hommes se pressèrent derrière lui mais John les repoussa.

— Attendez ! Le secteur est des plus dangereux.

Il dirigea sa lampe vers le couloir. Le faisceau l'éclaira jusqu'à un coude, à cinquante mètres environ de là. Jusque-là le couloir était vide.

C'est alors que John eut l'impression que le sol tremblait légèrement. Mais c'était trop faible pour dire d'où ça venait et ce qui produisait cet effet.

— Deux volontaires ! cria-t-il sans tourner la tête. Il me faut deux hommes pour examiner avec moi ce qu'il y a là, devant.

Derrière lui, des pas s'approchèrent. Il se retourna et vit Karen et Paddie.

— Pas de femme ! dit-il involontairement. J'ai besoin de deux *hommes*.

Karen releva le menton.

— Retournez-vous donc, commandant, et regardez ces chiffes. Je suis aussi bonne qu'eux. Et d'ailleurs personne d'autre n'est volontaire.

John examina le reste du groupe. Il serra les lèvres puis il murmura :

— Dieu sait qu'elle a raison. Coburn, vous prenez le commandement et attendez ici ! J'espère du moins que vous aurez assez de courage pour ça.

Andy Coburn regarda la pointe de ses souliers.

— Allons-y ! grogna John.

Ils pénétrèrent dans le couloir. John prit la tête, suivi de près par Karen et Paddie, côte à côte. Ils avaient dégainé leurs armes. La lampe de John inondait le couloir, jusqu'au tournant, d'une vive clarté.

Ils atteignirent le coude. John hésita une seconde, se pencha en avant et éclaira derrière le tournant. Le couloir continuait encore sur une trentaine de mètres puis s'arrêtait. Il était barré par une paroi rocheuse nue. Le couloir était vide.

— Regardez cela ! chuchota John.

— Un cul-de-sac.

Paddie se gratta la tête.

— Quelque chose ne colle pas, grogna-t-il. Je le sens.

— Bon, allons voir ça de près.

Ils s'avancèrent jusqu'au bout du couloir. John examina la paroi mais il ne trouva rien indiquant que la paroi frontale n'était peut-être pas du même bloc de rocher que les deux parois latérales.

— Laissez-moi faire, chef, dit Paddie.

Il s'accroupit par terre et se mit à palper le mur du bout des doigts. Il avait les yeux fermés, comme s'il écoutait à l'intérieur de lui-même. Au bout d'un moment il se releva et répéta l'opération plus haut. Sans plus de succès.

— Pouvez-vous me porter sur vos épaules ? demanda-t-il.

— Je pense bien, répondit John.

— Laissez-moi vous aider, intervint Karen. Vous n'êtes pas des plus costauds.

— Je vous remercie, répondit John d'un ton mordant.

Ils soulevèrent Paddie. Celui-ci reprit son examen mais à trois mètres de hauteur cette fois. Comme s'ils étaient dotés d'une intelligence propre, ses doigts glissaient et pianotaient sur la pierre. Et soudain Paddie s'arrêta.

— Il y a là quelque chose, chuchota-t-il.

— Quoi ?

— Je ne sais pas. Une petite aspérité... voyons... peut-être que si... hop là ! Le courrier est parti !

John et Karen reculèrent si vivement que Paddie perdit l'équilibre et tomba par terre. Devant eux la paroi s'était ébranlée. Elle s'effaça rapidement de côté, libérant l'entrée dans une salle bien éclairée et gigantesque.

Paddie se releva, les mains devant les yeux pour ne pas être aveuglé, et regarda entre ses doigts.

— Loués soient tous les esprits ! cria-t-il, surpris.

Puis il s'appuya contre le mur latéral et fit deux pas en avant.

John put alors voir que de l'autre côté de l'entrée il y avait d'abord une espèce de balustrade. Elle pouvait avoir deux mètres de large et était bordée par une rambarde. La clarté venait d'en bas. Elle était si vive qu'on ne pouvait distinguer de détails de l'autre côté de la rambarde. Mais quelque part au-dessus il devait y avoir un autre mur.

John entra et agrippa la rambarde. Il sentit soudain qu'il faisait chaud. La sueur perla sur son front. Il accrocha la lampe à sa ceinture et serra son arme d'une main plus ferme. Il voulut regarder par-dessus la balustrade mais la clarté était trop forte et mis à part le fait que de l'autre côté c'était un puits sans fond, il ne put rien voir. Il regarda à droite et à gauche et remarqua que la paroi de la gigantesque salle était légèrement incurvée. La balustrade semblait courir le long de la paroi. Le plafond de la salle se trouvait à quatre mètres au-dessus d'eux.

De nouveau John sentit le tremblement du sol. Cette fois-ci c'était plus net mais ça ne venait pas de la fosse au bord de laquelle ils se trouvaient. L'énorme salle était totalement silencieuse.

— On dirait un puits de lancement, dit Karen pensivement.

— Oui, s'il n'y avait pas cette lumière. Je suppose que cette salle est cylindrique, répondit John. Au moins deux cents mètres de diamètre. Profondeur... vraisemblablement infinie.

— Qu'est-ce que c'est que cette lumière ? demanda Paddie, troublé.

— Hum ! Quelqu'un remarque-t-il la chaleur ?

— Oui, naturellement. Je suis déjà trempé !

— Une chambre à combustion..., dit John. Une station de générateurs magnétohydrodynamiques. Si l'on veut construire une installation vraiment grande, les dispositifs de protection sont la plupart du temps plus onéreux que l'installation elle-même. Ici ce serait l'endroit idéal..., assez grand et profond de quelques kilomètres.

— Mais c'est absurde ! protesta Karen, sans aucun respect. Une chambre à fusion pour la production de plasma ? A ciel ouvert ? Nous serions déjà brûlés par la radioactivité !

John lui sourit.

— La fusion de noyaux légers ne produit qu'un très faible rayonnement gamma. Un petit écran de déviation, une simple couche ultra-fine avec un champ de pesanteur extrêmement élevé... et il n'y a plus de radiation dangereuse.

Il regarda de nouveau par-dessus la rambarde.

— C'est aussi simple que ça, chuchota-t-il pour lui-même. Je me demandais depuis longtemps d'où les Bienveillants tiraient leur énergie. Nous n'avions trouvé nulle part de grand générateur pouvant faire fonctionner toutes les machines de labyrinthe... et surtout celle qui a déclenché le choc gravitationnel. Maintenant nous l'avons. Nous sommes à la source. Tout ce qui nous reste à faire, c'est...

Il fut interrompu. Un tir radiant éclata avec un feulement près de lui. Le faisceau d'énergie incandescent le frôla. Au même instant, Paddie cria :

— Les voici ! Feu !

John tourbillonna. Devant lui, à peut-être dix pas de distance, il y avait une créature aux épaules étroites et à la tête en forme de soupière, qui tenait une arme lourde au creux du bras.

Un cri, comme un pépiement, retentit. John vit une silhouette tournoyer en l'air et tomber dans la fosse. Paddie avait fait mouche.

Les intentions de l'étranger étaient claires. On n'avait plus le temps de discuter. John se jeta de côté, vers le mur, bousculant Karen si violemment qu'elle en tomba dans le couloir encore ouvert, et tira.

Inconsciemment, il réalisa que l'étranger portait une espèce de spatiandre sans casque, couvert d'un revêtement brillant. Du molkex ! Aucune forme d'énergie ne pouvait quelque chose contre cette matière.

Et pourtant John obtint un succès complet. Il avait réagi plus vite que l'étranger. Son tir partit en premier. La puissance impulsion du faisceau énergétique déséquilibra la créature. Elle écarta les bras pour garder l'équilibre et laissa tomber son arme. Elle fit une vaine tentative pour s'accrocher à la rambarde. Mais John gardait le doigt appuyé sur la détente. Ses salves s'abattaient sans cesse sur l'étranger. Le corps frêle fut soulevé du sol. La violence d'un nouveau tir le saisit et l'envoya par-dessus la balustrade. Le même pépiement retentit et l'étranger disparut comme une pierre tombant dans le flot de lumière venant des profondeurs.

Debout, jambes écartées, John regardait le long de la balustrade en plissant les yeux. Il n'y avait plus aucun étranger. Il sentit quelque chose le toucher dans le dos et il pivota sur lui-même. C'était Paddie qui en reculant l'avait heurté dans le dos.

— Tout va bien ? haleta John.

— Il n'y a plus de danger. Ils n'étaient que deux.

— Ils ont dû venir de quelque part, cria John, agité. Peut-être y a-t-il un autre accès là devant. En route, il nous faut le savoir !

Karen sortit du couloir. Ils s'avancèrent le long de la balustrade. Soudain, quelque chose vint à l'esprit de John. Il s'arrêta et se tourna vers Paddie.

— La prochaine fois nous viserons leurs têtes,

décida-t-il. Les combinaisons sont recouvertes de molkex, nous ne pouvons donc rien leur faire. (Il se frappa le front de la main.) Pourquoi n'y ai-je pas pensé plus tôt !

Paddie parut très pensif. Puis il se mit soudain à ricaner et secoua violemment la tête.

— Oui, je me demandais si vous l'aviez remarqué, commandant. Apparemment non, n'est-ce pas ?

— Remarqué ? Quoi donc ?

— Leurs têtes luisaient si étrangement. Etant donné la composition singulière de molkex, je ne serais pas surpris s'ils portaient aussi un revêtement invulnérable sur toute la tête. Après tout ils ne sont pas idiots. Ils ne vont pas se protéger le corps et laisser l'essentiel, c'est-à-dire la tête, sans protection.

Karen sourit soudain.

— A propos d'idiotie, dit-elle calmement, jusqu'où va la nôtre ? Le capitaine Heyder a fait l'expérience que les radiants des étrangers ne transperçaient nos combinaisons que lorsque le tir était long et continu mais pas lors d'impacts brefs. Tout notre corps est donc protégé tant que nous réagissons assez vite... et c'est précisément *notre* tête qui se trouve exposée. Comme l'a dit Paddie, les Bienveillants ne sont pas idiots. Ils comprendront rapidement ce qu'ils ont à faire.

John ne se départit pas de son calme.

— On peut vite remédier à cette erreur, répondit-il. Il nous suffit d'appeler Andy Coburn et de lui dire de nous faire apporter des casques de spatiandre. La visière n'offrira pas une protection suffisante mais la nuque au moins sera protégée.

Il sortit son minicom de sa poche et l'alluma. L'appareil de Coburn était conçu de telle sorte qu'il réagissait automatiquement, qu'Andy entende l'appel ou non. John s'apprêtait à parler dans l'appareil quand un cri horrible sortit du récepteur.

136

— Courez! Débrouillez-vous pour filer! Ils attaquent de toutes parts!

Là-bas, c'était la mêlée. Le récepteur transmit le feulement de violentes décharges radiantes, des piétinements et des cris.

John écoutait, le souffle coupé. La voix qu'il avait entendue n'était pas celle de Coburn. Et l'émetteur, à l'autre bout, ne semblait pas se déplacer. Les bruits sortaient constamment sur le même fond sonore. D'ailleurs ils changèrent. Le piétinement s'éloigna. Les cris sauvages se firent plus rares et moins forts et furent remplacés par des pépiements. Le feulement des tirs cessa.

D'une voix aussi basse que possible, John dit :

— Andy... ?

Le pépiement cessa au même instant. Andy ne répondit pas mais l'attention de quelqu'un d'autre avait été attirée : les Bienveillants?

John éteignit l'appareil et le remit dans sa poche. Paddie et Karen le regardaient d'un air interrogateur et le visage blême. John rassembla toutes ses forces pour paraître calme et il dit :

— Andy est sans doute mort. Les étrangers ont attaqué et repoussé le groupe. Nous sommes coupés des autres!

*
**

De retour dans le poste central, Gil Krueger avait constaté qu'il avait été touché à la poitrine au cours du combat dans le puits antigrav. L'impact n'avait été que de courte durée et n'avait pas transpercé la combinaison protectrice. La seule trace qu'il avait laissée était une tache de brûlé sur la matière plastique.

Gil décida de toujours porter un casque lors des opérations suivantes.

Un quart d'heure plus tard, les premiers hommes du

groupe de John arrivèrent. Ils donnaient l'impression d'avoir traversé le purgatoire en courant et un grand nombre criaient sans cesse, pris de panique. La même panique s'empara de Gil. Il savait que Karen se trouvait dans ce groupe et il s'était constamment inquiété à son sujet.

Les hommes se pressèrent dans la salle radio. L'un d'eux se tenait devant le capitaine Heyder et gesticulait avec les bras, incapable de prononcer ne fût-ce qu'un son articulé. Heyder le poussa et s'avança vers l'homme suivant.

— Que se passe-t-il ?

L'homme tremblait.

— La moitié du groupe... exterminé ! Des centaines d'étrangers... Un déluge de tirs radiants... Oooh, effroyable !

Il se cacha le visage dans les mains et sanglota.

— N'y a-t-il personne dans ce tas d'idiots capable de faire un rapport correct ? cria Heyder, furieux.

L'un des hommes s'avança finalement. Une horrible brûlure lui balafrait la joue et sa combinaison était déchirée et brûlée.

— Nous sommes allés jusqu'à l'échangeur où Loren a sans doute été tué, commença-t-il vivement mais d'une voix calme. John Pohl, Paddie et Karen ont décidé d'explorer d'abord le terrain devant nous. Pendant ce temps, notre groupe, sous le commandement d'Andy Coburn, devait attendre dans l'échangeur. Il y avait peut-être un quart d'heure que John et ses compagnons étaient partis quand les étrangers attaquèrent. Ils jaillirent de tous les couloirs qui débouchaient dans l'échangeur. Je ne crois pas qu'ils étaient des centaines mais leur nombre était certainement trois à quatre fois supérieur au nôtre. Nos tirs restaient sans effet. Nous nous sommes mis à courir. Il y avait un couloir que les étrangers n'occupaient pas. Nous courûmes aussi vite que possible. Les étrangers ne nous suivirent apparemment qu'en hésitant. Nous avons atteint un puits. Nous sommes montés et nous voici. Aucun contact avec l'ennemi en cours de route. Pertes... (Il regarda autour de lui)... aucune idée. Nous devons nous compter.

— Que savez-vous de John et des deux autres ? cria Gil à l'arrière-plan.

— Rien, répondit l'homme épuisé. Nous ne les avons plus revus.

— Capitaine Heyder... j'y vais ! déclara Gil.

— Quoi, tout seul ?

— Les opérations de groupe ne semblent guère efficaces ici. Et d'ailleurs vous avez besoin de tous vos hommes.

— Emportez un minicom, lui recommanda Heyder.

— Bien sûr. Seulement... je crains que les étrangers n'aient un détecteur d'hyper-rayonnement et puissent ainsi nous localiser. Sinon j'aurais déjà appelé John. Je vais attendre d'être près de lui, c'est-à-dire en bas au quatorzième étage.

Heyder se montra d'accord. Gil se dirigea vers la porte. Il se retourna encore une fois et dit :

— Encore une chose, capitaine. Je conseille aux hommes de porter un casque spatial.

*
**

John vit que Karen voulait dire quelque chose et il anticipa son objection :

— Non, faire demi-tour ne servira à rien. Les étrangers sont plus nombreux que nous. Nos propres hommes se sont enfuis. Nous ne pourrions venir en aide à personne sans nous faire prendre nous-mêmes. Du reste... (il regarda autour de lui) je ne sais pas, je crois que nous sommes ici au cœur même de toute l'installation. Par une action efficace ici même, nous pourrons peut-être mettre un terme à cette affaire plus rapidement qu'en traînant dehors dans les couloirs.

— Vous êtes le chef, répondit Karen sèchement et elle soupira.

— Karen... je sais ce qui vous accable. Gil se creuse vraisemblablement la tête à votre sujet. Mais j'ai pensé à une chose. Les étrangers sont sûrement en mesure de repérer notre hypercom. Nous ne *devons* plus utiliser le minicom, comprenez-vous ? Nous ne *pouvons* prévenir Gil.

Karen inclina la tête.

— C'est aussi ce que je pensais. Merci quand même.

Ils reprirent leur marche. Au bout d'une vingtaine de mètres ils arrivèrent à un endroit où le sol de la balustrade présentait un trou d'environ 1,50 mètre de diamètre. A droite et à gauche il n'y avait plus qu'une étroite bordure. John se mit à genoux et regarda par le trou. Mais à peine se pencha-t-il en avant qu'il ressentit cet étrange vertige que provoque un champ gravitationnel artificiel quand il ne s'applique qu'à la tête. John ferma les yeux un instant et lutta contre le vertige. Puis il regarda.

Malgré la clarté il put voir une autre galerie à une dizaine de mètres sous leur balustrade. Elle ressemblait exactement à celle sur laquelle ils se trouvaient alors. John se redressa et examina le mur à sa droite. De l'autre côté du trou il trouva un minuscule tableau de distribution avec trois boutons de couleurs différentes.

— Une colonne antigrav, déclara-t-il et il se leva. Paddie, donne-moi quelque chose que nous puissions jeter.

Paddie fouilla dans ses poches et en sortit un morceau de chewing-gum durci.

John prit la boule grise et la tint au-dessus du trou. Elle flotta, immobile, dans l'air. John s'avança en équilibre le long de la rambarde pour contourner le trou et appuya sur le bouton inférieur du tableau de commande. Il obtint le résultat escompté. La boule de chewing-gum descendit lentement.

— Suivez-moi ! ordonna John et il se glissa dans le trou.

Quelques secondes plus tard il se retrouva sur la galerie en dessous. Karen et Paddie le suivirent. John trouva un deuxième tableau de distribution et en appuyant sur le bouton du milieu il remit le champ sur le neutre. Puis il regarda autour de soi et trouva un autre trou cinq mètres plus loin.

— Je suis convaincu qu'il y a des couloirs derrière ces parois, dit-il en indiquant le mur vers la droite. En cherchant, nous découvririons vraisemblablement une foule de portes. Mais tant qu'il y a des colonnes antigrav, je suis d'avis que nous continuions vers le bas. C'est là en bas (il indiqua par-dessus la rambarde) que se trouvent les véritables mytères.

Ils descendirent par le trou suivant, franchissant encore une fois une dénivelée de dix mètres. C'était désagréable de planer dans les airs si près de l'abîme de la gigantesque fosse mais ils s'y habituèrent et dans la quatrième colonne ils furent parfaitement à l'aise. John estimait que les galeries se trouvaient toujours à hauteur des étages pairs. Ils avaient commencé à descendre au quatorzième niveau et se trouvaient donc maintenant au vingt-deuxième étage puisqu'ils avaient quatre galeries au-dessus d'eux. Et on ne voyait toujours pas la fin de la fosse.

La luminosité augmentait. John avait de plus en plus mal aux yeux et il voyait venir le moment où il leur faudrait abandonner la descente tout simplement parce qu'ils ne pourraient plus supporter la lumière. Après la sixième galerie, donc à hauteur du vingt-sixième étage, John remarqua que la douleur diminuait. Il mit encore quelque temps avant de noter que la luminosité diminuait aussi. Il se trouva alors devant une énigme. Il se creusa la tête mais ne trouva pas de solution avant d'avoir atteint le trentième étage. Après cet insolite flot lumineux des niveaux supérieurs, ils avançaient maintenant presque dans une demi-obscurité. Ils purent alors se pencher par-dessus la rambarde et regarder dans les profondeurs de la fosse en plissant les yeux. Ils virent une énorme boule de lumière rouge foncé qui brûlait calmement, sans flamme.

— Un champ protecteur optique, décida finalement John. La fosse est recouverte par ce champ. Il se trouve quelque part par ici, de l'autre côté de la balustrade. Les Bienveillants ont économisé leur peine et leur argent et ne l'ont installé que là où il était réellement nécessaire, c'est-à-dire sur les galeries inférieures.

— Quel en est le principe ? s'enquit Karen.

— Désolé. Je n'en ai pas la moindre idée !

— Et vous croyez toujours que c'est un générateur magnétohydrodynamique, là en bas ?

— Oui.

— Où est le flux de plasma ?

— Ce que vous voyez c'est le générateur de plasma, suspendu dans le vide. Echauffement par radiation, par le générateur à fusion, sans doute par le bas et champ réflecteur en haut. C'est la méthode la moins onéreuse. De notre point de vue, la boule de plasma se trouve à droite du centre de la fosse. Le plasma vient très vraisemblablement de là-bas et se dirige vers la gauche dans l'installation magnétohydrodynamique. Le flux de plasma est naturellement beaucoup moins lumineux que la boule de plasma. Le champ optique ne laisse pas passer le rayonnement. Acceptable ?

— Oui, très.

John se gratta la tête.

— Ils doivent naturellement renouveler de temps en temps les stocks de matière de fusion et le support du plasma. Celui-ci est vraisemblablement du césium... Tout dépend du niveau de développement de leur technologie. Je suppose qu'en bas il y a des mécanismes automatiques d'alimentation. J'aimerais savoir à quoi...

Il s'interrompit et regarda autour de lui.

— A quoi... quoi ? demanda Karen.

— Bah, oubliez cela ! grogna John. Peut-être trouverons-nous la réponse en bas.

Chaque colonne antigrav était décalée d'environ cinq mètres par rapport à la précédente. John estima que si la descente continuait encore longtemps, ils auraient fait le tour de la fosse. Mais deux niveaux plus bas il remarqua pour la première fois que la boule rouge de plasma semblait réellement plus près et il estima qu'ils étaient tout au plus à cinquante mètres du fond de la fosse.

La gigantesque salle était toujours plongée dans un silence angoissant. En dehors du faible bruit de leurs pas et des quelques paroles échangées, on n'entendait rien. John, toujours à la tête du groupe, se pencha au-dessus d'une nouvelle colonne, et brusquement la situation changea.

D'en bas lui parvint un léger pépiement. John s'immobilisa. Penché au-dessus du trou avec cette désagréable sensation de vertige dans le crâne, il regarda dans les profondeurs. Le pépiement se fit plus net.

John avait depuis longtemps appris ce qu'il signifiait. Les fréquences acoustiques des Bienveillants étaient vraisemblablement situées en majeure partie dans les ultrasons. L'oreille humaine ne pouvait entendre que leurs sons les plus graves.

Deux silhouettes surgirent au-dessous de lui. Elles portaient quelque chose. John aperçut un objet scintillant qui pendait entre elles comme un chiffon.

Du molkex !

John se pencha encore et vit les étrangers étendre le chiffon sur la galerie en veillant soigneusement à ce qu'il soit posé bien à plat sur le sol. Puis ils firent demi-tour et repartirent par où ils étaient venus.

John se leva d'un bon, si vivement que Karen et Paddie, épouvantés, reculèrent d'un pas.

— Paddie !

La voix de John claqua comme le sifflement aigu d'un tir radiant.

— Oui... chef ?

— Paddie... Une sortie ! Nous devons disparaître d'ici au plus vite. Allez, Paddie !

Pendant une seconde, Paddie fut décontenancé. Puis il se ressaisit, examina le trou, se plaça au bord et se mit à mesurer et à compter ses pas.

— Que compte-t-il faire ? demanda Karen, nerveuse. Et d'ailleurs que se passe-t-il ?

— Pas le temps d'expliquer, répondit John d'une voix qui, pour la première fois, laissait percer son inquiétude.

— Un danger ? demanda Karen timidement.

— Il y va de notre peau... dans les deux ou trois minutes qui viennent !

**
*

Depuis une demi-heure, les hommes de Christophe Warren étient occupés à fouiller une grande salle pleine d'appareils, au quatrième étage.

Mais Warren ne croyait pas que ses hommes s'y retrouveraient dans ce fouillis de machines inconnues, sans même parler de trouver les éléments nécessaires à la construction d'un hyperémetteur provisoire.

Ils utilisaient leurs fulgurants comme chalumeaux mais il s'était avéré que certains appareils étaient recouverts de molkex et étaient donc inattaquables. Mais les autres machines leur fournissaient plaque après plaque, élément après élément, et le vaste hall se mit à ressembler à une exposition de squelettes abstraits.

Une demi-heure plus tôt, entrant dans ce hall, Warren avait reçu un bref message du capitaine Heyder :

« Conversations par minicom interdites pour le moment ! » puis le capitaine avait coupé la liaison.

S'interrogeant sur la raison de cet ordre, Christophe en avait conclu que l'ennemi disposait sans doute d'un détecteur d'hyperfréquences.

L'un de ses hommes vint alors vers lui.

— Je crois que nous avons réussi, dit Dale Schenk. L'appareil que nous sommes en train de démonter devait être une espèce d'hyperémetteur.

— Alors pourquoi le démontez-vous ?

— C'est que... tel qu'il est actuellement, nous ne savons pas nous en servir.

— Bon. Combien de temps vous faudra-t-il ?

Surpris, Dale le regarda.

— Avec ces quatre hommes ? Vraisemblablement cinquante ans !

Christophe rit. Dans sa poche, le minicom bourdonna. Christophe le sortit et alluma le récepteur. Il se garda d'accuser réception.

— Heyder à tous ! Le poste central est attaqué. La supériorité de l'adversaire est écrasante. Tous les autres groupes... restez où vous êtes ! Ne cherchez pas à nous secourir ! Occupez-vous de votre propre sécurité. Je répète. Heyder à tous...

Christophe éteignit l'appareil. La voix de Heyder avait été si basse que Dale Schenk n'avait rien compris.

Christophe Warren le regarda.

— Je vais vous décevoir, dit-il calmement. Il voudrait mieux que vous y parveniez en cinq heures... sinon nous sommes fichus !

*
**

Tout en se dirigeant vers les profondeurs du labyrinthe, Gil Krueger réfléchissait à la tactique des étrangers. Il s'était attendu à trouver tous les puits antigrav hors service maintenant que les étrangers savaient que leur adversaire s'activait et se déplaçait à tous les étages.

Au lieu de cela, le premier puits qu'il essaya fonctionnait. Il descendit au quatorzième étage sans rencontrer d'opposition.

La seule explication c'était que les étrangers utilisaient les puits pour leur propre usage et qu'ils n'étaient pas assez nombreux pour les surveiller tous en permanence.

Il comprit rapidement que cela pouvait être un avantage pour les Terriens. S'ils éparpillaient suffisamment leur activité, ils mobiliseraient assez de forces ennemies pour laisser le temps à Christophe et à ses hommes de construire un nouvel hyperémetteur.

Gil se tenait au bord de l'échangeur où Paddie avait senti le tir radiant, quand il reçut le message du capitaine Heyder. Cela ébranla quelque peu sa théorie du manque de personnel chez l'adversaire. Mais ensuite il se dit que l'ennemi avait dû soustraire de leurs autres tâches les forces qui attaquaient cruellement le poste central et ses perspectives à lui, Gil, lui apparaissaient sous une lumière plus rose.

On lui avait décrit exactement le couloir qu'avaient emprunté John, Karen et Paddie. Il y pénétra après s'être assuré qu'aucun danger ne le guettait dans le secteur. Il tourna le coude du couloir et se retrouva devant la paroi rocheuse. Tout comme John il en arriva à la conclusion qu'il devait y avoir là une porte bien dissimulée. On ne creuse pas un couloir dans le rocher pour le laisser s'achever en impasse quatre-vingts mètres plus loin.

Il se mit à examiner le mur. Il n'y avait pas de

mécanisme apparent. Il fallait donc toucher le mur à un endroit bien déterminé si l'on voulait ouvrir la porte. Gil se demanda quelle était la hauteur la plus pratique pour les Bienveillants et se souvenant de leurs longs bras il concentra ses recherches sur la partie la plus haute du mur.

Du bout des doigts il palpait une petite aspérité dans le rocher quand il entendit soudain un bruit sortir du rocher. Tout d'abord ce ne fut qu'un bourdonnement léger. Mais ensuite il enfla et se transforma en vrombissement et le couloir se mit à trembler.

Gil recula, s'attendant à tout moment à ce que la paroi rocheuse s'effondre ou que tout le couloir s'écroule. Le bruit atteignit finalement une certaine intensité sonore puis resta constant. Gil s'avança de nouveau. Il était maintenant fermement décidé à vérifier ce qui se passait derrière le mur. Mais son instinct lui conseilla d'attendre que le vrombissement ait cessé.

Il se mit à compter les secondes.

CHAPITRE IV

Kal Jennings venait de signaler pour la cinquième fois que tout était normal à bord de la *Mary T.*, quand le message radio arriva. Fred Winsell, le navigateur, fut brusquement bien éveillé.

— Message sur hyperondes ! cria-t-il. Fréquence inhabituelle ! Kal, il se passe quelque chose !

Dès l'arrivée du premier signal, récepteur et bande d'enregistrement s'étaient automatiquement mis en marche. Fred observa l'écran zébré d'éclairs gris et blancs auxquels venaient s'ajouter quelques bandes de fréquences tandis qu'un bourdonnement sourd sortait du récepteur.

— Eh bien ! allez-y ! grogna Fred, impatient.

Kal était debout derrière lui. Le bourdonnement retentit une deuxième fois et de nouveau les bandes de fréquences passèrent sur l'écran.

— C'est l'émission la plus bizarre que j'aie jamais entendue..., commença Fred.

— Tais-toi ! Il y a là quelque chose qui ne colle pas !

Un troisième bourdonnement, aussi long que les deux premiers. Une brève pause suivit, puis le récepteur bourdonna de nouveau, et cette fois il ne semblait plus vouloir s'arrêter. Le bruit sortit de l'appareil pendant une bonne minute puis recommença après une brève interruption.

— Trois brèves..., dit Kal pensivement.

Fred le regarda d'un air interrogateur. Kal, les yeux tournés vers le plafond, écoutait. Dans le récepteur les bourdonnements longs et brefs se succédaient apparemment au hasard. Kal se mit soudain en mouvement et se dirigea vers son propre émetteur. Fred se leva d'un bond.

— Qu'y a-t-il ? Veux-tu... ?

— Reste assis et laisse le récepteur en marche ! répondit Kal d'une voix agitée.

— Sacrebleu... qu'est-ce que ça signifie ?

Kal ne fournit pas d'explication. Il brancha son émetteur, prit le micro et annonça :

— La *Mary T.* a tous les navires. Code zéro un trait zéro un trait un un. Nous recevons un S.O.S. en morse, en provenance d'Eysal. Je répète...

— Aidez-moi ! haleta Paddie. Il faut que je regrimpe !

Il avait compté quatre douzaines de pas et regardait le mur devant lui. John comprit ce qu'il voulait. Il croyait que la porte se trouvait à la même distance de la colonne antigrav que là-haut où ils avaient commencé la descente. C'était plausible. John admira la prudence de Paddie qui lui avait fait compter ses pas sur la première galerie.

Ils le soulevèrent sur leurs épaules. Paddie palpa le rocher. John regarda alentour. La fosse était encore calme et silencieuse mais combien de temps cela allait-il encore durer ?

— Je l'ai ! haleta Paddie. Attention !

Le rocher s'ouvrit. Une fente de deux mètres de large apparut. Paddie sauta par terre. De la lumière sortait de la fente. John vit une salle avec des appareils étranges aux murs. Il ne pouvait voir s'il y avait des étrangers mais de toute façon, cela n'aurait rien changé à sa décision.

— On y va ! siffla-t-il.

Ils passèrent par l'ouverture.

— Ecartez-vous de l'entrée !

Ils allèrent jusqu'au centre de la pièce. La porte se referma derrière eux avec un petit claquement, comme avalée par le rocher. John se retourna, ferma les yeux, tendit l'oreille…

Ça y était ! Un bruit sourd s'éleva. Le sol se mit à trembler. Un feulement, un grondement, retentit dehors, le long des murs de la fosse. Le vrombissement s'enfla en un hurlement infernal. John se boucha les oreilles avec les mains.

— Si nous étions encore dehors…, chuchota-t-il.

Mais nul ne put l'entendre. Il se mit à examiner systématiquement la pièce et fouilla les espaces entre les appareils et le mur. Il ne trouva aucun étranger mais découvrit rapidement une sortie. Il fit signe à Karen et à Paddie d'approcher. Puis il ouvrit la porte. Ici, le labyrinthe était différent d'en haut. Les pièces étaient bien éclairées. Il ne semblait plus y avoir de couloirs mais une succession de halls. Celui dans lequel John regardait alors était disposé sur deux étages. La partie de gauche se trouvait au même niveau que la pièce d'où ils venaient. Elle était limitée à droite par une balustrade qui n'était interrompue que là où un anneau métallique d'environ trois mètres de diamètre sortait du sol : le collecteur d'un champ de pesanteur artificielle. A droite de la balustrade, le mur tombait à la verticale et cinq mètres plus bas se trouvait l'autre moitié du hall. John ne pouvait en voir qu'une petite partie. Autour d'eux il y avait des appareils semblables à ceux qu'ils avaient vus précédemment… dans un désordre étrange qui semblait résulter d'une mentalité non humaine.

D'un geste John indiqua qu'il n'y avait pas de danger puis il sortit. Il fit signe à Karen et Paddie de rester sur la gauche. Lui-même s'approcha prudemment de la balustrade.

Il voulait comme d'habitude poser la main sur la rambarde pour prendre appui mais il ne leva le bras qu'à moitié. Il se figea en plein mouvement. Karen et Paddie le virent battre en retraite prudemment, millimètre après millimètre. Il penchait le buste en arrière comme s'il avait peur que d'en bas quelqu'un puisse le voir. Puis il fit un large pas décidé en arrière, se retourna et revint vers les deux autres.

Il mit le doigt sur ses lèvres, saisit Paddie par le bras, fit signe à Karen de les suivre et se dirigea vers les appareils, qui se trouvaient tout près de la balustrade. Il rampa dans l'un des espaces séparant les appareils puis se coucha sur le sol. Près de lui il y avait encore la place pour Paddie. Karen s'agenouilla derrière eux.

La balustrade se dressait à juste un mètre devant eux et derrière c'était le vide jusqu'au second niveau du hall. Le rebord cachait une partie de la vue mais l'on voyait l'essentiel.

Entre deux machines colossales, trois étrangers étaient assis. Deux d'entre eux tournaient le dos aux Terriens. Le troisième était de profil. Le risque qu'il lève les yeux et aperçoive les trois Terriens dans l'ombre des appareils, était faible. Fasciné, John regarda ce spectacle singulier. Les étranges créatures étaient assises sur le sol, les jambes repliées sur le côté. Les têtes en forme de soupière se balançaient en rythme, à droite et à gauche. A chaque fois qu'elles changeaient de direction on avait l'impression que le frêle tuyau qui lui servait de cou allait se briser sous le poids.

Les étrangers ne semblaient pas parler. Du moins John n'entendait-il aucun de ces pépiements qui accompagnaient généralement leur conversation. Mais ils étaient extrêmement affairés. Devant chacun d'eux il y avait, posé sur le sol, une espèce de cône tronqué renversé. De temps à autre, les Bienveillants prenaient une poignée d'une chose qui se trouvait dans le creux du cône. Ils portaient ensuite la main à hauteur des épaules, à la base du cou. A cette occasion, John remarqua que chaque main était dotée de sept doigts, mais ce que faisaient les Bienveillants resta un mystère pour lui.

Il dirigea de nouveau son attention vers cette tête à la forme singulière. Il ne pouvait y distinguer d'articulation. La « soupière » semblait être une chose sans ouverture tendue d'une peau sombre. John dut regarder un long moment avant de comprendre que cette première impression était fausse. Il remarqua deux longues fentes à l'arrière de la tête et des garnitures semblables à des lamelles sur les côtés. Sur l'étranger assis de profil, John vit ces mêmes fentes à l'avant de la tête. Il se sentit mal à l'aise en pensant qu'il pouvait s'agir des yeux et que dans ce cas les Bienveillants avaient aussi des yeux derrière la tête.

Son regard descendit le long de leur corps. Il avait déjà remarqué qu'ils ne portaient pas la combinaison habituelle. Ils semblaient seulement à demi vêtus comme s'ils avaient voulu se mettre à l'aise. Avec étonnement, John remarqua le duvet lisse, bleuté, au reflet velouté, qui couvrait le corps de haut en bas. Les Bienveillants avaient une fourrure ! Cette idée l'amusa une seconde. La fourrure bleue n'était couverte que des hanches aux genoux par une espèce de sous-vêtement. C'était la seule chose que portaient les trois étrangers. John regarda encore une fois de près ce duvet bleu, et il sut alors à quoi s'en tenir. Les Bienveillants avaient ôté leur protection de molkex en même temps que leur équipement. La tête elle aussi était sans protection. John sentit son cœur battre plus vite. Il avait devant lui trois étrangers vulnérables.

Il se força à la patience. Il voulait être sûr de son fait. Il ne voulait pas courir le risque que les trois étrangers là en bas puissent faire quelque chose qui lui briserait le cou dès qu'il se lèverait et pointerait son fulgurant sur eux. D'un regard perçant il observa encore une fois l'endroit du corps vers lequel ils dirigeaient les morceaux pris dans le cône tronqué. Il remarqua alors que juste à la base du cou se formait une ouverture grosse comme le poing quand la main s'élevait. Il crut voir disparaître dans cette ouverture ce que tenait la main, et il était si facile de comprendre ce que cela signifiait que John s'étonna de n'y avoir pas pensé immédiatement.

Le vrombissement leur parvenait toujours du dehors. John sentit Paddie s'approcher de lui et il l'entendit chuchoter :

— Que font-ils ?

Il tourna la tête et murmura :

— Ils mangent !

Paddie fut épouvanté mais John, d'un geste bref, lui changea le cours des idées.

— Un autre chewing-gum ? chuchota-t-il.

Paddie fit la grimace. Il glissa prudemment la main en arrière et sortit une autre boule grise de sa poche. John la prit. Puis il se leva en espérant que les deux autres comprendraient sans explication ce qu'ils avaient à faire.

Il tenait les Bienveillants à l'œil et dès qu'il bougea il vit les fentes étroites sur l'arrière des têtes s'ouvrir à la vitesse de l'éclair. Il avait eu raison : c'étaient des yeux. Jusqu'à présent ils semblaient avoir somnolé, vraisemblablement parce que les yeux de devant se concentraient sur la prise de nourriture. Mais maintenant ils étaient éveillés.

Avec une agilité étonnante, les trois étrangers se levèrent d'un bond. John, d'un pas rapide, s'avança au bord de la balustrade. Les Bienveillants voulurent s'échapper vers la gauche mais le fulgurant de John tira une ligne d'un blanc incandescent en travers de leur chemin. Ils reculèrent et tentèrent leur chance d'un autre côté. Entre-temps, Karen avait compris de quoi il retournait. Elle tira en même temps que John. Cette fois-ci le tir les frôla de si près que les étrangers poussèrent de petits pépiements aigus quand la chaleur roussit leur duvet bleu.

— Ne bougez pas, crétins ! cria Paddie furieux. Nous ne vous ferons rien... du moins pas pour l'instant !

Entre-temps, John s'était déplacé le long de la balustrade et se trouvait derrière l'anneau métallique qui bordait le champ antigrav. Il chercha un tableau de distribution et le trouva sur le sol, juste devant le rebord.

Les trois Bienveillants ne bougeaient plus. Debout l'un à côté de l'autre, ils regardaient par la fente de leurs yeux de chat, les trois Terriens là-haut. Ils paraissaient avoir peur mais leurs têtes sans visage ne révélaient aucune émotion.

John testa le champ de pesanteur artificielle avec le chewing-gum. Puis il fit un pas par-dessus bord et se laissa descendre. Quelques secondes plus tard, il se retrouva face aux trois Bienveillants, à cinq pas de distance.

Il les examina, ils l'examinèrent. Et ils se trouvèrent mutuellement plus étrangers que la chose la plus étrangère qu'il leur ait été donné de voir jusqu'alors.

John fit un signe sans se retourner. Karen et Paddie comprirent son geste. Peu après ils surgirent à côté de lui.

— Paddie, fouille la pièce ! ordonna John. Je veux savoir où sont les accès.

Paddie s'éloigna à pas lourds.

— Le mieux c'est que nous nous asseyions, proposa John à Karen. Cela peut durer assez longtemps avant que ce ne soit fini, là dehors.

Ils s'assirent par terre. Les Bienveillants les dominaient de leur taille et ne bougeaient pas. Karen les

154

examina un moment, fascinée, puis elle détourna le regard.

— Si incroyablement étrangers, dit-elle.

— Et pourtant, un jour nous nous entendrons avec eux et nous les verrons presque quotidiennement.

Surprise, Karen le regarda.

— C'est possible. Mais pour pouvoir assister à cela, il nous faut d'abord sortir d'ici.

John montra les trois Bienveillants.

— Nous avons des otages. Et même si cette méthode ne s'avérait pas bonne... nous sommes bien descendus, n'est-ce pas? Tout ce dont nous avons besoin, c'est que cesse ce mugissement là dehors.

— Qu'est-ce que c'est d'ailleurs? Oui, et comment saviez-vous...

Paddie revint.

— Une porte sur la fosse et une autre de l'autre côté.

— Bien. Amène les prisonniers à s'asseoir. Ils me rendent nerveux quand ils sont debout.

Puis il s'adressa de nouveau à Karen :

— La question était pourquoi les étrangers avaient construit tant de galeries apparemment inutiles sur la paroi interne de la fosse, n'est-ce pas? Tout d'abord elles paraissaient totalement superflues. Ensuite, quand j'ai vu les deux Bienveillants étendre le chiffon de molkex sur l'une des galeries, mes yeux se sont dessillés. Vous connaissez le molkex. Dans son état d'origine c'est une substance flexible, transparente, qui durcit en absorbant de l'énergie et change aussi de couleur selon les circonstances. Mais les quantités d'énergie nécessaires pour une modification sensible de cette substance sont considérables. Une pluie de rayons gamma durs, c'est ce qui convient. Des rayons X moins durs ne pourraient rien faire. Eh bien, les Bienveillants utilisent le molkex comme matériau. Naturellement ils en ont besoin à divers degrés de dureté. Et ils ont aussi une source de rayons gamma : le plasma au fond de la fosse. Quoi de plus naturel donc que d'exposer le molex à cette radiation ? Selon les utilisations, il leur faut des doses de radiations différentes. Ils peuvent sans doute régler à volonté le champ d'inversion. Cela donne un réglage grossier. Ensuite la densité du rayonnement diminue naturellement au fur et à mesure que l'on monte dans la fosse. Cette diminution est d'ailleurs minime. Elle donne le réglage précis. Par conséquent quand j'ai vu les deux Bienveillants étaler le morceau de molex, j'ai compris que peu après, le champ d'inversion serait coupé. Et si nous avions été dehors à ce moment-là...

Il s'interrompit, Paddie se tenait devant lui.

— Logique géniale, chef, déclara-t-il avec une naïveté feinte. Je n'y aurais jamais pensé. Maintenant je sais au moins pourquoi c'est vous le chef et pas moi.

Karen éclata de rire.

— Les Bleus sont assis, ajouta Paddie avec un large geste du bras.

— Les Bleus ? demanda John surpris.

— Eh bien oui, ceux-là ! Ce nom de Bienveillants ne m'a jamais plu, à vrai dire. Et comme ils ont une fourrure bleue, j'ai pensé que nous pourrions...

— D'accord, Paddie. Bonne idée. Nous allons les appeler les « Bleus ».

Gil savait qu'il se trouvait devant une porte mais il n'osait pas l'ouvrir tant que persistait ce bruit inquiétant. Il savait que derrière, un danger le guettait, vraisemblablement un danger mortel.

Mais Karen pouvait être là, menacée par ce danger qu'il craignait. Il lui fallait une certitude. S'il appelait John, très brièvement, et si celui-ci lui répondait tout aussi brièvement, les Bienveillants ne parviendraient sans doute pas à localiser les deux émetteurs. Mais en revanche il saurait que John était encore en vie, et il l'espérait, Karen avec lui.

— John Pohl, ici Krueger ! Répondez !

Il s'attendait à devoir attendre un moment mais la réponse arriva, aussi vite que l'éclair :

— Pas de conversation, Gil !

Gil reconnut la voix de John. Soudain il lui vint une idée.

— John, écoutez ! Je suis assez mobile et je ne crains pas d'être localisé. Je peux donc vous parler. Je veux découvrir où vous êtes et si vous avez besoin de mon aide. Je vais poser des questions simples pour m'informer. N'envoyez que des impulsions de quelques nanosecondes pour me répondre. Une impulsion signifie « oui », pas d'impulsions signifie « non ». Je suis sûr qu'ainsi les Bienveillants ne peuvent vous localiser. Etes-vous du même avis ?

« Clac ! » fit le récepteur, donc « oui ».

Gil poussa un soupir de soulagement.

— Bon, poursuivit-il. Première question : Karen est-elle avec vous ?

Il guetta la réponse en retenant son souffle.

Un déclic retentit dans le récepteur et dès cet instant Gil se sentit prêt à défier toute une armée de Bienveillants.

Kal Jennings sortit la bande perforée du récepteur et lut avec de grands yeux :

— T.F.Q. à la *Mary T.* : Appareillez en direction de l'objectif. Arrivée...

Il laissa tomber les mains et regarda Fred Winsell d'un air interrogateur.

— Fred... que signifie ceci ?

— T.F.Q. c'est le navire amiral de la flotte, c'est-à-

dire l'*Eric Manoli*. Tu le sais bien. Quoi d'autre ?
Quelle est la signature du message ?

— *Alpha !*

— Le Stellarque en personne ! Eh bien, ne viens plus
me dire que tu t'ennuies, Kal.

— Comment cela ?

— L'objectif est Eysal, expliqua Fred. Sur Eysal ça
sent le brûlé, nous le savons depuis cet étrange message
radio. Si Rhodan y envoie un patrouilleur, c'est qu'il a
un projet particulier pour lui. Peut-être une mission sur
Eysal.

Il se pencha en avant et enfonça la touche d'alarme.
Les sirènes se mirent à hurler dans les quartiers des
officiers et des hommes d'équipage.

— Tu crois ? demanda Kal, surexcité.

— Naturellement, Après tout, nous avons été for-
més pour des missions spéciales !

***

Une heure après avoir capturé les trois Bleus et un
moment après avoir donné des indications de direction
à Gil Krueger, ils reçurent un bref message radio du
capitaine Heyder :

— Cinq hommes sont tombés. Nous nous sommes
retranchés et l'équilibre est établi. Aucun parti ne
progresse. Si rien de décisif n'intervient, nous pourrons
tenir encore une vingtaine d'heures. Je ne peux relever
aucun combattant et les hommes se fatiguent. Je
rappellerai dans une heure, ou plus tôt si la situation
s'aggrave.

Le message avait été envoyé en radiophonie. Gil
Krueger l'entendit ainsi que Christophe Warren. Entre-
temps, les hommes de Christophe avaient construit un
appareil extrêmement primitif qui devait leur permettre
d'envoyer des signaux morse. Le seul espoir de Christophe c'était que quelqu'un à bord des navires qui

recevraient ce message, comprenne le vieil alphabet des points et des traits.

Ils avaient commencé à émettre et l'appareil avait fonctionné trente-six minutes. Puis il était tombé en panne par manque d'énergie car Dale et ses hommes n'avaient pu déchiffrer la technique étrangère d'alimentation énergétique.

Leur mission accomplie, Christophe et ses hommes remontèrent pour tenter de secourir Heyder et son équipe.

Entre-temps, Gil Krueger avait eu la preuve que ses messages radio avaient été repérés : une grande animation régna soudain dans les couloirs. Il s'orientait assez bien dans l'obscurité et il s'en remettait à son ouïe pour savoir si la voie était libre devant lui. Il ne s'écoulait pas un quart d'heure sans qu'il n'entende au moins une fois le pépiement de voix étrangères ou le bruissement singulier de pas. En empruntant les rampes, il s'enfonçait à tâtons dans les profondeurs du labyrinthe. En réponse à ses questions, John Pohl lui avait confirmé que le mugissement derrière la paroi rocheuse du couloir en cul-de-sac était effectivement l'expression d'un danger mortel. Il n'avait plus posé de question et par un autre chemin, s'était mis en route vers l'endroit où se trouvaient actuellement John, Karen et Paddie. Beaucoup plus bas il voulut utiliser l'un des puits antigrav pour avancer plus vite. Pour le moment il n'avait pas besoin de poser d'autres questions à John. Si le silence radio s'établissait un moment, il pourrait peut-être laisser en arrière les étrangers qui le cherchaient. Sans doute ne supposeraient-ils pas qu'il voulait pénétrer au plus profond de leur labyrinthe.

Pendant ce temps, l'inquiétude de John Pohl s'était accrue. Il s'était mis en tête d'emmener au moins l'un des trois Bleus avec eux. La Défense Galactique avait besoin d'un prisonnier vivant, en état d'être interrogé. Mais avec un prisonnier qui leur mettrait tous les bâtons possibles dans les roues pour empêcher l'entreprise, il était impensable d'envisager une remontée par les puits et couloirs inconnus du labyrinthe. La seule voie qui leur restait montait le long de la paroi de la fosse, le même chemin que celui emprunté à la descente. Là-bas seulement, John espérait trouver la voie libre.

Mais le grondement, le vrombissement, n'avait toujours pas pris fin. Le sol tremblait toujours. John pensa aux deux Bleus qu'ils avaient combattus victorieusement sur la galerie supérieure. Ils seraient portés manquants. On fouillerait les salles à proximité de la fosse. Chaque minute supplémentaire passée ici augmentait le risque de découverte.

John se leva et se mit à inspecter la partie inférieure du hall. Dans une niche entre deux appareils, il trouva trois objets identiques qui ressemblaient à des armes. Il en prit un et l'examina mais ne put comprendre son mode d'emploi. Il le mit dans sa poche. Cette arme aussi serait la bienvenue auprès de la Défense Galactique. Les trois armes appartenaient vraisemblablement à leurs prisonniers.

Cela lui donna une idée. Peut-être que les Bleus possédaient aussi des combinaisons protectrices qu'ils avaient retirées pour plus de commodité. Pour un Terrien, une telle combinaison serait extrêmement incorfortable mais au moins elle le protégerait. Il se mit à leur recherche mais malgré tous ses efforts il ne put les trouver.

Un peu abattu, il revint à l'endroit où Paddie et Karen surveillaient les prisonniers.

Il s'assit près de la jeune fille.

— Gil va bientôt donner de ses nouvelles, dit-il. Ce garçon est formidable.

— C'est pourquoi je l'ai choisi, déclara-t-elle sérieusement.

Paddie leva les yeux.

160

— Comment cela ? demanda-t-il surpris. Définitivement ?

Karen lui adressa un sourire radieux.

— Oui, naturellement.

— Dommage, moi qui croyais que j'avais encore toutes mes chances !

John rit, amusé.

— Voyez-vous, dit-il, si je me trouve encore dans une impasse, un jour, j'aimerais vous avoir tous les deux pour compagnons.

Et comme si le hasard voulait encore souligner cette constatation, au même instant le vrombissement cessa brusquement.

Paddie bondit.

— La voie est libre ! exulta-t-il. Allez, on file !

John lui posa la main sur l'épaule.

— Un instant. Dehors il règne vraisemblablement une chaleur mortelle. Nous devons attendre au moins un quart d'heure avant de partir. (Il regarda les prisonniers.) Cherche quelques cordes ou quelque chose de ce genre et attache les bras et les jambes de deux d'entre eux ensemble, de manière à ce qu'ils ne puissent bouger. Compris ?

Paddie s'éloigna d'un bond. Il trouva une poignée de fil métallique, se planta devant les prisonniers, les examina quelques secondes puis se mit au travail. Trois minutes plus tard, les deux Bleus étaient si bien enchaînés qu'ils ne pouvaient même pas tourner le poignet.

— Pourquoi ces deux-là ? demanda John.

— Eh bien, le troisième doit venir avec nous, répondit Paddie en se grattant la tête. Nous avons un long chemin devant nous. J'ignore comment ils sont bâtis alors j'ai choisi le plus frais. N'a-t-il pas une magnifique fourrure bleue ?

John rit.

Paddie fit se lever le Bleu et le dirigea vers l'antigrav. John inversa le champ et monta le premier. Le prisonnier le suivit. Ensuite ce fut Karen et Paddie ferma la marche. John ouvrit la porte de la pièce voisine et constata que la température n'avait pas changé le moins du monde. Il fit signe à ses compagnons de rester là et il prit le risque de tenter d'ouvrir la porte extérieure. Il craignit d'abord qu'il n'y eût un mécanisme de sécurité ne permettant l'ouverture de la porte qu'une fois tout danger écarté à l'extérieur. Mais la porte s'effaça sur le côté dès qu'il eut touché le contacteur.

Une vague d'air brûlant le frappa au visage et lui coupa le souffle. Il s'arrêta et tenta de découvrir combien de temps il pourrait résister. La sueur jaillit de tous ses pores et le trempa comme s'il était resté cinq minutes sous une pluie diluvienne. Dans ces conditions il n'était pas question d'effectuer une marche forcée. La chaleur exceptée, tout semblait être redevenu normal dans la fosse. Au fond brillait l'œil rouge du générateur de plasma et le silence de mort s'était rétabli.

Il recula et toucha de nouveau le contacteur. La porte se referma.

— Encore cinq minutes, dit-il d'une voix rauque.

Gil Krueger constata avec étonnement qu'en dessous du dix-septième étage, toutes les pièces du labyrinthe étaient vivement éclairées. Les étrangers avaient manifestement remis en route le dispositif d'éclairage pour pouvoir se déplacer plus facilement. Pour Gil la lumière représentait un danger supplémentaire mais lui facilitait aussi la tâche. Il avançait maintenant plus vite, et finalement, question danger, le problème était toujours de savoir qui avait les meilleurs yeux, les étrangers ou lui.

A partir du dix-huitième étage il voulut utiliser un

162

puits antigrav. Depuis une demi-heure il n'avait plus vu d'étrangers. Ils le cherchaient toujours en haut.

Il avançait rapidement, poussé par l'impatience, dans l'un des innombrables couloirs quand il entendit soudain des bruits devant. Il s'arrêta et tendit l'oreille. Divers pépiements lui parvinrent, mêlés à une quantité d'autres bruits comme seule une foule de créatures étrangères peut en faire. Chose étrange, la source du bruit ne semblait pas se déplacer. Gil écouta encore un moment puis il s'élança de nouveau en avant.

Le couloir où il se trouvait débouchait sur une rampe. Prudemment, il s'avança au bord car le bruit semblait monter, et il regarda en bas.

Ce qu'il vit était sans nul doute une demi-compagnie de Bienveillants qui enfilaient précisément leurs combinaisons au blindage de molkex et s'apprêtaient à partir. Il était facile de deviner où ils étaient envoyés. Ils devaient sans doute aider les équipes de recherches qui dans les étages supérieurs, n'étaient pas encore parvenues à capturer vivant un seul intrus.

Gil regarda avec étonnement ces corps élancés, graciles. Pour la première fois il vit le duvet bleu qui couvrait la peau des étrangers. Il étudia leurs têtes en forme de soupière, la disposition des deux paires d'yeux et les lamelles auditives sur le côté de la tête. Il en arriva rapidement à la conclusion que le trou à la base du cou qui s'ouvrait et se fermait à intervalles irréguliers chez la plupart des étrangers, devait être la bouche et que ce qu'il observait était l'expression mécanique d'une conversation dont il ne pouvait entendre que les tons les plus graves. Il comprit tout cela assez rapidement et pourtant il se faisait l'effet d'un homme qui observe de près le grouillement des fourmis dans une fourmilière. Des radiants lourds, de forme ramassée, passaient d'une main à l'autre sans que Gil puisse voir qui était le véritable destinataire. Les étrangers se trouvaient constamment en mouvement comme si le sol leur brûlait les pieds. C'était déconcertant et en même temps c'était pour Gil l'exemple concret que le comportement des créatures intelligentes variait avec leur façon de penser.

Il était plongé dans ses réflexions, certain d'être à l'abri des regards dans son poste d'observation, quand il entendit soudain un bruit derrière lui. Il sursauta et se retourna. Il se risqua à avancer prudemment la tête de façon à voir dans le couloir d'où il était sorti quelques minutes plus tôt.

Un étranger s'approchait. Gil fut déconcerté. La créature à la fourrure bleue ne portait qu'une espèce de pagne, comme ceux d'en bas qui n'avaient pas encore revêtu leur équipement. Elle portait négligemment sa combinaison sur le bras droit.

Gil eut une idée. Il n'avait pas le temps d'y réfléchir en détails. Mais sa seule alternative étant de se laisser découvrir et de déclencher une chasse terrible, le choix n'était pas difficile. Il se dissimula à la sortie du couloir, dégaina son arme et la prit par le canon.

L'étranger arriva. Gil se jeta en avant, se heurta au Bienveillant et le projeta contre la paroi arrière de la rampe. Au même moment la crosse du radiant frappa l'espèce de soupière et le Bleu s'écroula mollement. Gil se pencha sur lui et s'empara de sa combinaison. Puis accroupi sur le sol, il attendit quelques secondes. Les bruits au pied de la rampe paraissaient inchangés. Gil se redressa prudemment et regarda par-dessus le bord. Les Bleus ne semblaient pas avoir remarqué l'incident. La victime de Gil n'avait pas eu le temps de crier.

Gil se retira dans le couloir. Il s'attendait à ce que d'autres étrangers arrivent par ce chemin mais il atteignit l'échangeur le plus proche sans en rencontrer un seul. Il tendit un moment l'oreille et comme tout était calme, il essaya d'enfiler la combinaison dérobée. Contre toute attente il y parvint aisément. Le Bleu avait certes des membres beaucoup plus fins que ceux de Gil mais le matériau de la combinaison s'avéra extrêmement souple. Pour mettre les épaules à leur place, Gil dut remonter le bas des jambes jusqu'aux genoux. Mais ainsi la majeure partie de son corps fut protégée et de toute façon, il ne viendrait à l'idée de personne de tirer aux chevilles.

Gil se remit en route. La nouvelle combinaison protectrice qu'il portait par-dessus son propre équipement ne le gênait pratiquement pas. Il prit un autre couloir et peu après atteignit de nouveau une rampe qui, elle, était calme et déserte. Et Gil descendit à l'étage en dessous. Il se trouvait maintenant au dix-neuvième sous-sol, et s'il pouvait retourner sans se faire remarquer à l'endroit où les Bleus procédaient à la distribution de leurs combinaisons et de leurs armes, il se trouverait tout près d'un puits antigrav qu'il pourrait utiliser pour continuer sa descente.

Il avait maintenant bien en tête le plan de l'installation souterraine. Il pouvait à tout instant trouver le chemin conduisant à la paroi rocheuse derrière laquelle se trouvait la fosse.

Encore un quart d'heure et il appelerait de nouveau John Pohl.

*
**

John regarda sa montre.

— Nous allons devoir avancer très vite, même si nous transpirons à grosses gouttes. Il règne dehors une importante radioactivité.

John actionna le mécanisme invisible de la porte. La plaque rocheuse s'effaça et une vague d'air brûlant pénétra dans la pièce. Paddie poussa violemment le Bleu. Mais la créature poussa un cri aigu et tenta de s'échapper sur le côté. John l'attrapa et le poussa à travers l'ouverture.

— Un bon signe ! cria-t-il à Karen et à Paddie. Il sait

ce qui l'attend ici et il a peur. Leur organisme est vraisemblablement plus sensible que le nôtre à la radioactivité. En avant !

Quand le Bleu comprit qu'il n'avait plus rien d'autre à faire qu'à obéir aux Terriens, il changea de tactique. Il essaya alors d'accélérer le pas. Paddie, chargé de le surveiller, eut beaucoup de peine à rester à la même hauteur que lui. Il était manifeste que le prisonnier craignait soit la chaleur, soit la radioactivité.

Au bout de quelques mètres, ils atteignirent le premier puits antigrav. John monta le premier. Le Bleu et Paddie suivirent. Karen couvrit le petit groupe. Sans rencontrer d'obstacle, ils laissèrent deux galeries derrière eux. Le Bleu montrait toujours des signes évidents de peur et de hâte. John calcula qu'ils ne devaient pas s'attendre à voir surgir d'autres étrangers tant que leur prisonnier serait aussi anxieux. Plus il y réfléchissait et plus il était sûr qu'ils n'avaient rien à craindre pendant la demi-heure suivante. Et d'ici là ils seraient vraisemblablement déjà en haut de la fosse. L'affaire se présentait mieux qu'il ne l'avait espéré.

Il fit part de ses réflexions à Karen et à Paddie pour leur donner un peu de courage. Et il ajouta gaiement :

— Ainsi nous allons leur filer entre les doigts. J'aimerais être là quand ils se creuseront la cervelle pour savoir qui a enlevé l'un des leurs et enchaîné les deux autres.

Il appuya sur le bouton de montée de la colonne suivante, entra dans le champ antigrav et s'éleva. D'en bas Paddie cria :

— Nous pourrons leur envoyer un rapport détaillé quand nous serons sur la Terre !

John sortit du champ de pesanteur artificielle et grimpa sur la galerie mais il ne put répondre à Paddie.

Devant lui, d'une ouverture dans le mur de la fosse, jaillit un flot de Bleus armés.

166

CHAPITRE V

Kal Jennings et Fred Winsell restaient en permanence devant l'écran du télécom. Ce n'était pas tous les jours qu'ils avaient l'occasion de parler à un général de la flotte. Le général se trouvait à 20 000 kilomètres de la *Mary T.* à bord d'un cuirassé de l'escadre qui, sur ordre du Stellarque, avait pris position à proximité d'Eysal. Derrière Kal et Fred se tenaient le major Kayser, commandant de la *Mary T.*, et son second.

— Je n'ai pas d'autre solution que de m'en remettre à vous, messieurs, déclara le général. A deux unités astronomiques de l'astre central, un combat spatial fait rage entre deux escadres de navires de molkex. Dans les deux cas il doit s'agir d'unités des Bienveillants. Nous ignorons pourquoi ils se battent. Mais la confusion qui règne là-bas devrait vous permettre d'approcher très près d'Eysal avec votre destroyer. Vous connaissez l'objectif. Le contre-transmetteur doit être installé de manière à ce que les cinquante scientifiques puissent l'atteindre facilement. Vous-mêmes vous reviendrez par le transmetteur dès que vous serez certains que plus aucun Terrien vivant ne se trouve encore dans le labyrinthe sous le temple. Compris ?

Kal et Fred saluèrent. L'image disparut de l'écran.

— Bonne chance, dit le major Kayser.

Par le puits antigrav, Fred et Kal descendirent au

...ur. Le destroyer était paré pour l'appareillage. La station opposée du transmetteur se trouvait déjà à bord.

Deux minutes plus tard, le *D-2339* appareilla.

**

John agit sans réfléchir. Sa première salve dispersa les Bleus tout en alertant Karen et Paddie. Ce dernier surgit aussitôt après par le trou. Il roula sur le côté et tira. Il savait aussi bien que John qu'il ne pouvait rien faire aux Bleus. Mais tant que ceux-ci seraient repoussés par l'impact des décharges radiantes, ils ne pourraient tirer.

John jeta un coup d'œil en bas, par le trou. Le Bleu était inquiet. Karen le gardait dans la colonne. C'était très bien ainsi tant que les assaillants n'auraient pas l'idée de venir par la galerie inférieure. John ne se faisait pas trop d'illusions, cela ne saurait tarder. Les Bleus n'étaient pas fous.

Les Terriens étaient pris au piège. Les Bleus recevraient des renforts et auraient la tâche facile quand leur adversaire serait épuisé. Les secours ne pouvaient venir que de l'extérieur.

John frappa sur l'épaule de Paddie.

— Garde-les en mouvement pendant une minute ! lui cria-t-il. Ne les laisse pas tirer !

Paddie inclina la tête, sans un mot. Son automatique cracha salve après salve. Le faisceau d'énergie d'un blanc incandescent frappait les Bleus comme un gigantesque coup de poing. Ils reculèrent pour se rassembler à bonne distance. Mais quand ils eurent surmonté leur première frayeur, la situation devint menaçante.

John sortit son minicom :

— Ici John Pohl. J'appelle Gil Krueger ! Gil Krueger...

Christophe Warren et ses hommes p[...]
répit au groupe harcelé du capitaine H[...]
Bienveillants furent surpris par l'attaque ino[...]
sournoise. Ils semblèrent oublier qu'aucune arm[...]
rienne ne pouvait les toucher. Ils s'enfuirent et les
hommes de Christophe purent s'avancer jusqu'au
groupe cerné. Christophe expliqua brièvement qu'ils
avaient réussi à construire un hyperémetteur tempo-
raire et à envoyer un appel de détresse. Cela remonta le
moral des hommes encerclés.

Une demi-heure après la percée, les Bienveillants
repassèrent à l'attaque. Le revers semblait les avoir
rendus furieux. Ils se jetèrent dans la bataille comme
s'ils voulaient réparer leur échec en faisant le ménage
en grand. Mais le tir ininterrompu des assiégés les
repoussa finalement. Dans les couloirs du poste central,
la chaleur devint insupportable.

Pendant l'attaque, Christophe Warren se dit que les
étrangers pouvaient bien porter un revêtement de
molkex inattaquable, même sur la tête, mais que leur
bouche, dont il observait l'ouverture à la base du cou,
ne devait pas être protégée, du moins intérieurement.

Christophe attendit patiemment. Il examina les Bienveillants quand ils se précipitèrent. A côté de lui, Dale
Schenk et Duram Olsson tiraient sans cesse pour
stopper l'avance des Bienveillants. Christophe tenait le
doigt sur la détente de son arme. Il vit l'adversaire de
tête, cloué contre la paroi par un tir radiant, ouvrit la
bouche, vraisemblablement pour crier un ordre.

A cet instant Christophe tira et tua l'étranger.

Les Bienveillants se retirèrent précipitamment.

Plus rien ne pouvait arrêter Gil Krueger quand il
entendit l'appel à l'aide. Tout en courant, il s'entendit

John pour savoir où se tourner. Il décida de remonter par l'intérieur du labyrinthe au lieu de gagner la fosse. Il valait mieux arriver dans le dos des Bleus.

Son angoisse pour Karen lui fit oublier toute prudence. Il parcourut au pas de course la distance jusqu'au puits antigrav le plus proche. Il se heurta à un groupe de Bleus armés. Une salve furieuse les balaya et avant qu'ils ne comprennent ce qu'il leur arrivait, Gil disparut dans le puits. En quelques secondes il franchit dix étages. Puis il se tourna vers l'ouest et atteignit peu après un couloir qui présentait le même coude que celui du quatorzième étage qui conduisait à la fosse.

De toute façon, le bruit du combat, à une trentaine de mètres de lui, suffisait à lui indiquer où il était.

Gil sortit une dernière fois le minicom de sa poche.
— J'arrive ! cria-t-il.

*

John remarqua que les Bleus se relayaient. Ils combattaient en troupes d'une trentaine d'individus. Leur tactique consistait à laisser la première ligne essuyer les salves de Paddie et les siennes, de manière à ce que la seconde ligne puisse assurer un tir radiant de longue durée. L'un des tirs avait brûlé la combinaison de John et un autre avait touché Paddie Irish à l'épaule. Les deux Terriens avaient alors renforcé leur feu et les Bleus avaient reculé plus loin. Paddie et John s'avancèrent et purent tirer dans le couloir d'où venait la relève. La porte se ferma aussitôt et le groupe de Bleus suivant sortit d'une autre ouverture jusque-là invisible, plus loin.

Ils avaient mobilisé toutes leurs forces. John savait que ce combat inégal pouvait encore durer tout au plus quelques minutes. Certes les Bleus avaient peur de la radioactivité dans la fosse mais ils étaient assez nombreux pour que les combattants ne soient pas exposés plus de quelques minutes à chaque fois. John par contre, était à bout de forces. Il manquait d'air. Une douleur lancinante lui torturait les poumons. La chaleur semblait vibrer devant ses yeux et il savait que c'était encore pire pour Paddie que pour lui. Sans parler de Karen qui, un étage plus bas, devait surveiller le prisonnier tout en s'attendant à ce que les Bleus les prennent à revers.

Gil était en route pour les rejoindre mais John doutait qu'il puisse les aider.

Non, c'était fini ! Calmement il visa un Bleu qui s'avançait et tira. Le Bleu fut touché en plein bond. La violence du tir radiant le projeta en arrière, il heurta la balustrade, perdit l'équilibre et tomba dans le vide.

C'est alors que Paddie s'écroula. Il était resté couché sur le sol pendant tout le combat car c'était la position la plus sûre et que ses bras tendus en avant protégeaient la tête nue. John le vit tressaillir brusquement. Les bras s'étirèrent encore un peu plus, la tête toucha le sol et l'arme glissa de la main qui s'ouvrait, sans force. Il n'y avait pas eu de tir. Paddie s'était simplement évanoui.

« Très bien, pensa John, finissons-en. »

Il se leva. Les Bleus, épouvantés, reculèrent de quelques pas. John marcha vers eux en tenant son radiant devant soi, à deux mains, et en tirant sans interruption. Il sentait que peu à peu, ses genoux se dérobaient sous lui. Il priait presque que les Bleus aient l'idée de le viser à la tête et de mettre ainsi un terme à ce combat. La silhouette de l'adversaire se brouillait devant ses yeux. Il ne voyait plus que le trait de lumière éclatante qui sortait en feulant de son radiant et poussait les Bleus devant lui.

Seul son subconscient enregistra le changement de situation. Le pépiement des Bleus ne fut plus le même. Leur tir ne fut plus aussi concentré. Ils ne restèrent plus en formation serrée et quelques-uns détalèrent le long de la galerie, manifestement pour fuir la zone du combat.

John s'arrêta et cessa de tirer. Malgré tout, les Bleus n'attaquèrent pas.

Déconcerté, il voulut regarder autour de soi. C'est alors qu'il entendit le hurlement terrible dans le couloir qui avait déversé les derniers renforts des Bleus. Des bandes d'ennemis lourdement armés, manifestement pris de panique, jaillirent du couloir, renversèrent ceux qui se trouvaient dehors et s'enfuirent le long de la galerie. Une silhouette monstrueuse, avec un casque spatial terrien surmontant une armure de Bleu, jaillit de l'ouverture en rugissant, saisit en même temps deux des ennemis en fuite, les souleva et les jeta par-dessus la balustrade, dans le vide. Des tirs radiants jaillirent. Les cris des Bleus se transformèrent en un pépiement suraigu. John s'avança en titubant. Peu importait l'identité de cette créature bizarre... Elle voulait l'aider, l'aider, l'aider !

Il n'alla pas loin. Il se heurta à quelque chose parce que ses jambes ne voulaient plus le porter. De ses dernières forces il leva la tête et examina l'obstacle.

C'était Gil Krueger. A travers la visière transparente du casque, John vit un visage sale et inondé de sueur qui lui souriait. Et John entendit la voix sourde :

— Tout va bien, John... du moins pour le moment !

Fred Winsell ne quittait pas des yeux l'écran du détecteur. Le *D-2339* avait dépassé la zone où le combat spatial faisait rage mais la région entre le secteur des combats et la planète Eysal comportait suffisamment d'astronefs étrangers pour inquiéter sérieusement Kal et Fred. Mais par miracle, le *D-2339* parvint à distancer les unités ennemies qui l'avaient repéré.

Le petit destroyer pénétra dans les couches supérieures de l'atmosphère d'Eysal à 20 kilomètres par seconde. A 30 000 mètres d'altitude, Kal Jennings passa en vol horizontal à Mach 5. Pendant ce temps, Fred avait reconnu l'objectif. Le *D-2339* se dirigea vers Malkino et la grande chaîne de montagnes qui se dressait de l'autre côté de la ville. Fred repéra le champ de ruines de l'ancien temple. Il guida Kal tandis que le navire reprenait sa descente en piquant vers le pied des montagnes.

Puis Fred activa les autres écrans de détection pour chercher l'adversaire. Les écrans s'allumèrent... et le bras de Fred se figea en plein mouvement.

Quatre boules de feu vertes se trouvaient presque au centre de l'écran. Il devait y avoir eu d'autres unités ennemies à proximité immédiate d'Eysal, que Fred n'avait pas vues. Le détecteur indiqua une distance de 300 kilomètres par rapport à l'adversaire le plus proche. Fred tournoya sur lui-même. Avec effroi il vit le groupe de points lumineux sur l'écran optique. L'ennemi volait dans leur soleil mais l'enveloppe protectrice en molkex réfléchissait la lumière.

Fred n'eut pas le temps d'avertir Kal. Un feu d'artifice éclata sur l'écran protecteur. Le destroyer reçut un choc que même l'antigrav ne put amortir assez vite. Fred tomba et se cogna la tête quelque part. Il perdit presque conscience pendant quelques instants.

— Pare à débarquer ! lui parvint la voix rugissante de Kal Jennings. Transmetteur prêt !

Fred se ressaisit. Sur l'écran, les pentes boisées des montagnes défilaient. L'adversaire était sorti du champ de vision. Soudain Fred vit jaillir une lumière vive au milieu de la jungle de montagnes. De la fumée s'éleva. La deuxième salve était tombée à côté.

Fred se précipita vers la sortie. Le transmetteur, fixé sur une petite plate-forme à antigrav, était prêt à être débarqué. Fred brancha le générateur. La plate-forme s'éleva et plana.

A cet instant, le destroyer se posa. Une petite secousse, puis Kal arriva en courant.

Sans un mot il ouvrit le sas. Fred imprima une secousse à la plate-forme. Elle sortit du sas. D'un grand bond, Kal Jennings la suivit. Il saisit au vol le bord de la plate-forme et la repoussa des bras. Fred sauta lui aussi.

Ils se trouvaient en bordure orientale du champ de ruines. Fred leva les yeux et vit les points brillants des navires ennemis. Il se mit à courir. Il était vraisemblable que l'adversaire ne pouvait repérer les deux silhouettes minuscules qui couraient sur le fond de la masse métallique du *D-2339*. Il continuerait donc à concentrer son tir sur le navire. Kal et Fred seraient sauvés s'ils parvenaient à s'éloigner suffisamment du destroyer avant la salve suivante.

Un instant, Fred pensa qu'ils jouaient de malchance. Toute la région autour d'eux se mit soudain à briller d'une lumière aveuglante. Un coup violent le frappa par-derrière et le projeta par terre. Une vague d'air brûlant passa en feulant au-dessus de lui.

Etourdi, il se releva. L'air brûlant lui avait grillé les cheveux et les sourcils, mais son esprit combatif était intact.

— Allez, Fred! cria Kal. La prochaine fois nous serons hors de la zone de danger.

Il lâcha la plate-forme qui s'éleva un peu. Fred regarda en arrière. Les écrans protecteurs du destroyer avaient absorbé sans peine le deuxième tir. Mais il ne faisait aucun doute que l'adversaire concentrerait et renforcerait son tir et alors...

Fred fut pris de colère. Il imprima une poussée si forte à la plate-forme qu'elle fila rapidement devant lui. Elle plana par-dessus les premières ruines et les deux hommes eurent du mal à la suivre.

— Encore cinquante mètres d'ici le premier puits ! cria Kal. Prépare ton canon !

Fred détacha l'arme de son épaule. Elle était chargée avec de petits projectiles à explosion nucléaire. On savait que le déploiement d'énergie ne pouvait pas blesser les étrangers mais la violence mécanique de la décharge provoquerait une certaine confusion dans leurs rangs.

L'entrée du puits se trouvait dans une partie du mur toujours debout. Kal amena la plate-forme au sol. Derrière eux, le tonnerre d'un autre tir ébranla l'air. Un nuage d'épaisse fumée s'éleva. Fred trouva le bouton du mécanisme d'ouverture et l'enfonça. La porte s'effaça sur le côté.

Et une horde de silhouettes incroyables jaillit par l'ouverture obscure.

Fred se jeta de côté. L'une des étranges créatures à la tête en forme de soupière sur un cou qui ressemblait à un tuyau d'arrosage, se trouvait juste devant lui. Fred fit pivoter l'arme dans sa main et frappa avec la crosse. L'étranger fut projeté latéralement. Deux autres trébuchèrent sur lui et se trouvèrent hors combat au moins pour quelques secondes. Pendant ce temps, Kal s'était mis en position de défense. Il s'était éloigné de la plate-forme. Sa tactique était claire : en aucun cas le feu ennemi ne devait affecter le transmetteur.

Fred recula également et libéra le champ de tir pour Kal. Avec un claquement sec, la première grenade jaillit et explosa au milieu des étrangers qui furent projetés dans tous les sens, certains même à trente mètres de là. Ils se relevèrent péniblement et repartirent à l'attaque. Fred lança une autre grenade au milieu d'eux et luttant contre la pression de l'air, il courut vers l'entrée du puits. Kal arriva de l'autre côté. Ils saisirent la plate-forme et la poussèrent dans le puits. L'un des étrangers se releva juste à leurs pieds et épaula une petite arme massive. Fred frappa une deuxième fois avec la crosse de son fulgurant. La créature s'écroula et resta étendue, immobile.

— Débrouille-toi pour descendre, haleta Kal. Je les retiens ici.

Ce n'était pas le moment de discuter. Le transmetteur descendait dans le puits. Fred y sauta lui aussi. Au-dessus de sa tête il entendit l'aboiement sec des tirs de Kal et le grondement sourd des explosions. Puis soudain, un violent séisme parut ébranler la croûte de la planète. De la poussière tomba des parois du puits et accompagna lentement Fred dans sa descente.

Il descendit au troisième étage. Les scientifiques avaient établi leurs quartiers à cet endroit. Fred espérait ardemment que les étrangers ne les avaient pas encore repoussés. Dans le puits il avait pu se faire une idée de l'étendue de l'installation souterraine. S'ils ne trouvaient pas d'emblée le groupe de chercheurs, toute l'entreprise était vaine. Il était hors de question d'organiser des recherches. Kal Jennings descendit à son tour.

— Leur dernière salve a détruit le navire !

Fred inclina la tête. C'était ça le séisme. Maintenant ils n'avaient plus que le transmetteur pour quitter Eysal. Une toute petite erreur de fonctionnement de l'appareil et...

Kal le poussa.

— Qu'est-ce que tu attends ? Allez, appelle-les !

Fred sursauta. Il sortit vivement son minicom de sa poche.

— Ici le commando de la *Mary T.* Sommes avec un transmetteur au troisième étage, juste devant (il se retourna vers le panneau à la sortie du puits) le puits deux ! Répondez !

Il répéta trois fois son message. Puis il remit son appareil dans sa poche. Pendant ce temps, Kal Jennings avait commencé à installer le transmetteur.

**

176

La route était libre. Karen semblait avoir deviné ce qui se passait au-dessus d'elle. Poussant le prisonnier devant elle, elle sortit de la colonne antigrav. Pendant ce temps, Gil s'occupait de Paddie toujours inconscient. Il le mit debout. Paddie ouvrit lentement les yeux.

— Qu'y a-t-il... ? demanda-t-il faiblement.

Gil lui donna un bon coup sur l'épaule.

— Il n'y a rien à craindre, lui cria-t-il. Nous devons continuer !

Paddie tressaillit. Il posa prudemment un pied devant l'autre et se dirigea vers la colonne antigrav conduisant au niveau supérieur. Il se déplaçait mécaniquement, comme s'il ne savait pas très bien ce qui se passait. Il pressa le bouton supérieur du tableau de commande et s'élança vers le haut.

Gil tint la position tandis que John et Karen avec son prisonnier suivaient Paddie. Il s'assura que les Bleus, pour le moment, ne pensaient pas à les suivre, puis il monta lui aussi.

Ce succès inattendu leur avait donné de nouvelles forces. Ils avancèrent plus vite qu'avant, galerie après galerie, étage après étage. Certes Gil s'attendait à tout moment à ce que les Bleus repassent à l'attaque. Mais tout resta calme dans la fosse. Plus aucun adversaire ne se montra. Gil chercha une explication à ce manque soudain d'intérêt. Sans doute qu'un nouvel événement, quelque part, rendait la situation plus dangereuse pour les Bleus que l'enlèvement de l'un des leurs. Peut-être que le capitaine Heyder avait lancé une offensive ? Peut-être qu'une intervention de l'extérieur s'était produite ?

Ils atteignirent finalement la galerie supérieure. Ils ouvrirent la paroi rocheuse et se retrouvèrent au quatorzième étage, point de départ de tous leurs ennuis. Ils se dirigèrent aussi vite que possible vers le puits antigrav le plus proche et le trouvèrent en état de marche. Plus aucune trace des Bleus. Mais Gil crut entendre en haut des roulements et des grondements ininterrompus, comme si au loin, quelque part, un combat faisait rage entre deux puissantes armées.

*
**

Les étrangers s'étaient tenus tranquilles pendant une heure. Maintenant ils repassaient à l'attaque. Christophe reprit son ancienne tactique, ne tirant que lorsqu'il voyait l'un des ennemis ouvrir la bouche. Certes il ne réussissait pas à chaque coup mais il tua quatre adversaires alors que les tirs des autres Terriens ne faisaient qu'empêcher l'avance de l'ennemi.

Christophe découvrit rapidement que la mort des leurs ébranlait fortement les étrangers. Au point même que le quatrième tir de Christophe mit finalement un terme à l'assaut et incita les adversaires à se retirer provisoirement. Cela faisait quelques minutes de gagnées pendant lesquelles Christophe put s'occuper des blessés et redonner un peu de courage aux combattants épuisés.

Un quart d'heure plus tard, il regagna son poste. Dale Schenk, les yeux rouges, lui dit :

— J'entends du bruit, là derrière ! Ça ne va pas durer longtemps avant qu'ils n'attaquent de nouveau...

Il s'arrêta au milieu de sa phrase. Le bourdonnement clair du minicom retentissait dans la poche de Christophe. Celui-ci sortit l'appareil et connecta le récepteur.

— Ici le commando de la *Mary T.*, dit une voix rauque. Nous sommes avec un transmetteur au troisième étage, juste devant le puits deux ! Répondez !

L'appel fut répété plusieurs fois. Incrédule, Christophe contemplait la petite boîte dans sa main puis il regarda prudemment dans le couloir et se leva. Du pouce il enfonça la touche d'émission et dit, lentement et avec ferveur :

— Dieu soit loué, les gars ! Il était temps !

*
**

John reçut le message alors qu'il se trouvait au dixième étage. Il entendit aussi la réponse de Christophe et il comprit que Warren, Heyder et leurs hommes atteindraient vraisemblablement le transmetteur avant lui et ses compagnons. Il prit le risque d'attirer de nouveau l'attention des Bleus sur son groupe en informant les sauveteurs de sa situation :

— Nous sommes encore sept étages plus bas et nous avons un prisonnier. Attendez-nous aussi longtemps que possible.

Et la voix rauque qu'il avait déjà entendue lui répondit :

— Entendu.

Entre-temps, au troisième étage, Heyder et Warren avaient mis leurs hommes en route. Trois blessés graves durent être portés. Christophe Warren conduisait la longue marche avec Dale Schenk et Duram Olsson. Ils s'attendaient à rencontrer des étrangers mais, chose étonnante, les couloirs semblaient brusquement vides. Il leur fallut vingt minutes pour atteindre le puits deux. Les deux hommes, près du transmetteur, saluèrent à la fois avec respect et compassion quand ils aperçurent la bande d'hommes épuisés et blessés. Le transmetteur était prêt à fonctionner. Les blessés furent envoyés en premier. L'un après l'autre, ils disparurent par le petit treillage, en route pour le voyage à travers le continuum quintidimensionnel. Finalement il ne resta plus que Christophe Warren avec Kal Jennings et Fred Winsell.

— Il vaut mieux que vous partiez vous aussi,

conseilla Kal. J'ai entendu qu'il restait encore quatre hommes. Si...

Il fut interrompu. John Pohl se manifesta pour la seconde fois :

— Nous sommes au cinquième étage. Les entrées des puits sont ouvertes et nous pouvons voir que l'adversaire rassemble ses troupes. Je répète : attendez-nous aussi longtemps que possible mais ne prenez aucun risque !

Christophe, la bouche sèche, tenta de déglutir.

— Encore deux étages, dit-il. Ils arrivent par le puits deux. Je crois...

Il fit un signe de tête décidé à Kal Jennings, ouvrit la cage du transmetteur et entra. Quelques secondes plus tard lui aussi avait disparu.

Fred serra son arme. Dans le lointain il entendait des pépiements ainsi qu'un bruissement permanent et un traînement de pieds. Il regarda Kal qui lui fit un signe de tête.

— Oui, ils arrivent. Espérons seulement...

Il n'acheva pas sa phrase. Ce qu'il fallait espérer était évident.

Les secondes passèrent lentement. Fred s'approcha avec impatience du puits ouvert et regarda en bas. Il recula vivement, effrayé. Juste au-dessous de lui, une silhouette molle se déplaçait, flottant ici et là sous l'influence du champ de pesanteur artificielle. Beaucoup plus bas d'autres silhouettes montaient. Fred se pencha et tendit le bras. L'homme juste devant lui était petit, âgé et grisonnant — et en outre évanoui. Fred le saisit sous les bras et le tira vers le transmetteur. Kal Jennings se chargea du reste. Quelques secondes plus tard, Paddie Irish se trouva à bord de l'*Eric Manoli* mais il n'en savait toujours rien.

Epuisé, effondré, le reste du groupe rampa hors du puits. Avec surprise, Fred et Kal examinèrent l'étranger à demi nu, à la tête en forme de soupière et à la fourrure bleue. Il hésita quand Kal le tira vers le transmetteur. Fred le poussa violemment et il tituba dans la cage. Kal ferma la porte, appuya sur une série de boutons, se retourna et cria :

— Terminé ! Au suivant !

Le suivant était une jeune fille. Kal la regarda attentivement et se demanda comment elle avait pu avoir l'idée de se porter volontaire pour cette mission.

Quand la jeune fille eut disparu, les deux autres se mirent à discuter pour savoir lequel d'entre eux partirait le dernier. Kal mit un terme à la discussion en saisissant le plus petit par les épaules et en le poussant dans le transmetteur. Le grand, à l'étrange combinaison, suivit ensuite sans objection.

— Fred, à toi ! ordonna Kal.

— Oh ! protesta Fred. Je suis au moins aussi courageux que toi. Pourquoi ne veux-tu pas...

Il fut interrompu. Un faisceau d'énergie éblouissant fouetta le couloir. Les étrangers attaquaient ! Kal saisit Fred par l'épaule et le jeta littéralement dans le transmetteur. Puis il leva son arme et tira sur l'adversaire. Le grondement des explosions retentit dans le labyrinthe. Les éclairs se succédèrent. Aveuglé, Kal recula à tâtons jusqu'au moment où il sentit le bouton de la porte du transmetteur sous sa main. Il entra en trébuchant dans la cage, fit glisser ses doigts sur une série de boutons et appuya sur celui du bas.

L'instant d'après il entendit des voix agitées autour de lui. Devant ses yeux des cercles multicolores dansaient encore mais il remarqua que les voix parlaient une langue familière et il sut qu'au tout dernier moment il avait échappé à l'enfer.

*
**

Quelques jours plus tard.

Les blessés ainsi que John Pohl et son équipe avaient

été soignés dans l'hôpital à bord de l'*Eric Manoli*. La dose de radiation absorbée s'était avérée non critique et des médicaments avaient en outre paré aux effets secondaires fâcheux.

Cinq jours après leur sauvetage, Christophe Warren et John Pohl avaient été convoqués pour un entretien par le général Heincken, chef d'état-major des opérations dans la zone extérieure de la Galaxie.

Après un éloge du comportement des scientifiques dans le labyrinthe d'Eysal, Heincken avait poursuivi :

— Nous avons reçu une foule d'informations inestimables, messieurs. Le prisonnier, bien plus éprouvé que vous par les radiations, s'est montré coopératif. Il a répondu aux questions que nous lui avons posées après que l'appareil de traduction eût assimilé des connaissances fondamentales de sa langue.

« La situation est la suivante. Les Bleus sont les maîtres d'un empire dans le secteur oriental de la Galaxie. Cet empire diffère du nôtre dans la mesure où la colonisation des Bleus commence par l'extermination des populations indigènes sur les planètes où ils s'installent et où ils prolifèrent avec une réussite incroyable. Il existe naturellement un monde central d'où est partie toute cette opération dans des temps très reculés. Il s'agit de la planète Gatas, dans le système Verth. Les Gatasiens, pour des raisons historiques, ont pris la prééminence parmi les Bleus et cela a bien entendu été contesté au cours des millénaires. D'autres Bleus ont essayé de se libérer de l'influence des Gatasiens et c'est à l'un de ces groupes que vous avez eu affaire sur Eysal... Kody appartient à la nation des Apasos. Les... »

— Un instant, je vous prie, l'interrompit John Pohl. Kody... ?

Heincken sourit.

— Oui, Kody. L'un de nos hommes a trouvé qu'il n'était pas sans ressembler à un ours, avec sa courte

182

toison. Il a sans doute pensé aux ours Kodiak, en tout cas il l'a appelé Kody et il a gardé ce nom.

— Ah bon ! dit John en inclinant la tête.

— Les Apasos, donc, poursuivit Heincken, ont construit cette installation sur Eysal, il y a fort longtemps, sans doute plusieurs siècles. Avant d'entrer dans le détail, je dois d'abord vous expliquer autre chose. Pour une raison que nos scientifiques ne peuvent expliquer jusqu'ici, la technologie des Bleus dépend du molkex depuis longtemps. Naturellement le molkex est un matériau merveilleux. On peut l'utiliser pour *tout*. Pour la mentalité terrienne il est toutefois incompréhensible que l'on puisse bâtir une civilisation évoluée sur *une seule* matière première. Quoi qu'il en soit, les Bleus l'ont fait. Ils ont élevé leurs annélicères et acridocères et ont récolté le molkex produit. Tout rebelle à l'hégémonie des Gatasiens comprenait parfaitement que toute victoire passait par la possession d'une quantité de molkex suffisante. Or la production de molkex était pour ainsi dire un monopole des Gatasiens.

« Bien. Les Apasos entrèrent, d'une manière ou d'une autre, en possession de quelques annélicères. Ils les débarquèrent et les firent pondre. Tout comme leurs géniteurs, ces œufs sont indestructibles et ont une conservation presque illimitée. On peut retarder le processus d'incubation et même incorporer un dispositif à retardement qui déclenche l'éclosion à un moment déterminé. Les ancêtres de Kody estimèrent que leur moment n'était pas encore venu. Ils gelèrent donc les œufs, si je puis m'exprimer ainsi, et les dotèrent d'un mécanisme à retardement. Comme les lieux de ponte étaient éloignés les uns des autres de plusieurs milliers d'années-lumière et que le processus d'éclosion devait être déclenché par un seul et unique signal, seule une hyperonde de gravitation entrait en ligne de compte pour transmettre ce signal car elle franchissait des distances considérables presque sans perte de temps. Et maintenant faites bien attention : l'installation sur Eysal a été construite uniquement dans ce but, produire ce signal d'éclosion au moment donné et avec l'intensité voulue ! »

Il fit une pause pour laisser ses paroles faire leur effet.

— Sur la planète des Apasos, le projet des ancêtres tomba dans l'oubli. Plus personne n'étudiait les annales de la révolution. Nous savons quand et comment s'est finalement produit le choc gravitationnel qui fit naître les acridocères et dévasta en fin de compte des planètes entières. Les Apasos, comme toutes les autres races dont la technologie disposait des instruments appropriés, enregistrèrent naturellement le choc. Seulement chez eux la situation était différente. Tandis que nous nous trouvions devant une énigme, parmi eux il y avait encore quelques individus qui avaient entendu dire quelque chose, quelque part, à un moment quelconque. Ils se mirent à chercher, trouvèrent les annales et se virent rappeler l'ancien projet. Ils n'avaient aucunement renoncé à résister aux Gatasiens, ils avaient seulement suivi un autre chemin pendant quelques centaines d'années.

« L'énorme stock de molkex qui s'offrait à eux les arrangeait très bien. Ils envoyèrent des navires pour récolter le molkex. Et un groupe de leurs scientifiques se posa sur Eysal sans se faire remarquer, pour étudier la vieille installation et découvrir ce qu'on pouvait encore en tirer. C'est ce groupe qui vous a cherché noise.

« Mais les Gatasiens ne sont pas fous. Ils ont des espions partout. Ils ont entendu parler de l'affaire d'Eysal et ils ont envoyé une escadre de combat pour liquider les insurgés. Les Apasos, devenus également méfiants, envoyèrent eux aussi une flotte vers Eysal pour couvrir leur équipe scientifique. Les deux escadres se heurtèrent devant Eysal. Nous avons observé la bataille mais nous nous sommes retirés dès votre arrivée à notre bord. L'analyse des observations est encore en cours, jusqu'à présent nous n'avons pu en tirer aucune conclusion.

« Voilà, c'est tout, messieurs. Et encore une fois merci. »

John et Christophe se levèrent. Ils se dirigeaient vers la porte quand John se retourna.

— Au fait, général, comment va Kody ?

— Le risque de contamination radioactive est écarté, à ce que j'ai entendu dire. Il nous a fourni ces explications... puis il a tenté de se suicider.

John ouvrit de grands yeux.

— Et alors... ?

Heincken hocha la tête.

— Nous avons pu l'arrêter, déclara-t-il en souriant. Il n'est pas parvenu à s'ouvrir les artères... ou à mettre à exécution ce qu'il avait en tête.

FIN

DÉJA PARUS DANS LA MÊME COLLECTION

VIENT DE PARAÎTRE :

A PARAÎTRE :

Achevé d'imprimer en mars 1987
sur les presses de l'Imprimerie Bussière
à Saint-Amand (Cher)

— N° d'impression : 317. —
Dépôt légal : avril 1987.
Imprimé en France